山梨

〔日〕宫泽贤治／著　〔日〕远山繁年／绘　周龙梅　彭懿／译

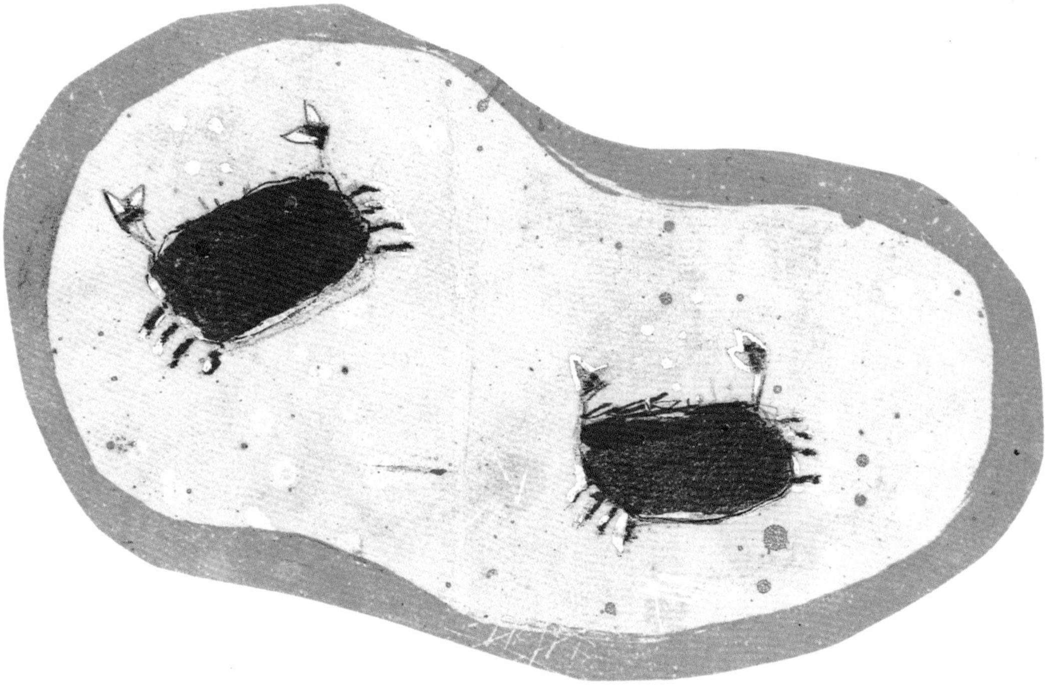

GUANGXI NORMAL UNIVERSITY PRESS
广西师范大学出版社
·桂林·

这是在一条小溪底下拍到的两张蓝色的幻灯片。

一、五月

两只小螃蟹在蓝白色的水底下说着话。

『咕啦姆嘣笑了。』

『咕啦姆嘣咕嘟咕嘟地笑了。』

『咕啦姆嘣一跳一跳地笑了。』

『咕啦姆嘣咕嘟咕嘟地笑了。』

它们的上方和边上，呈现出一种暗沉的铁青色。一个个黑乎乎的水泡，向平展的水面漂去。

『咕啦姆嘣刚才又笑了。』

『咕啦姆嘣咕嘟咕嘟地笑了。』

『那么，你知道咕啦姆嘣为什么笑吗？』

『不知道。』

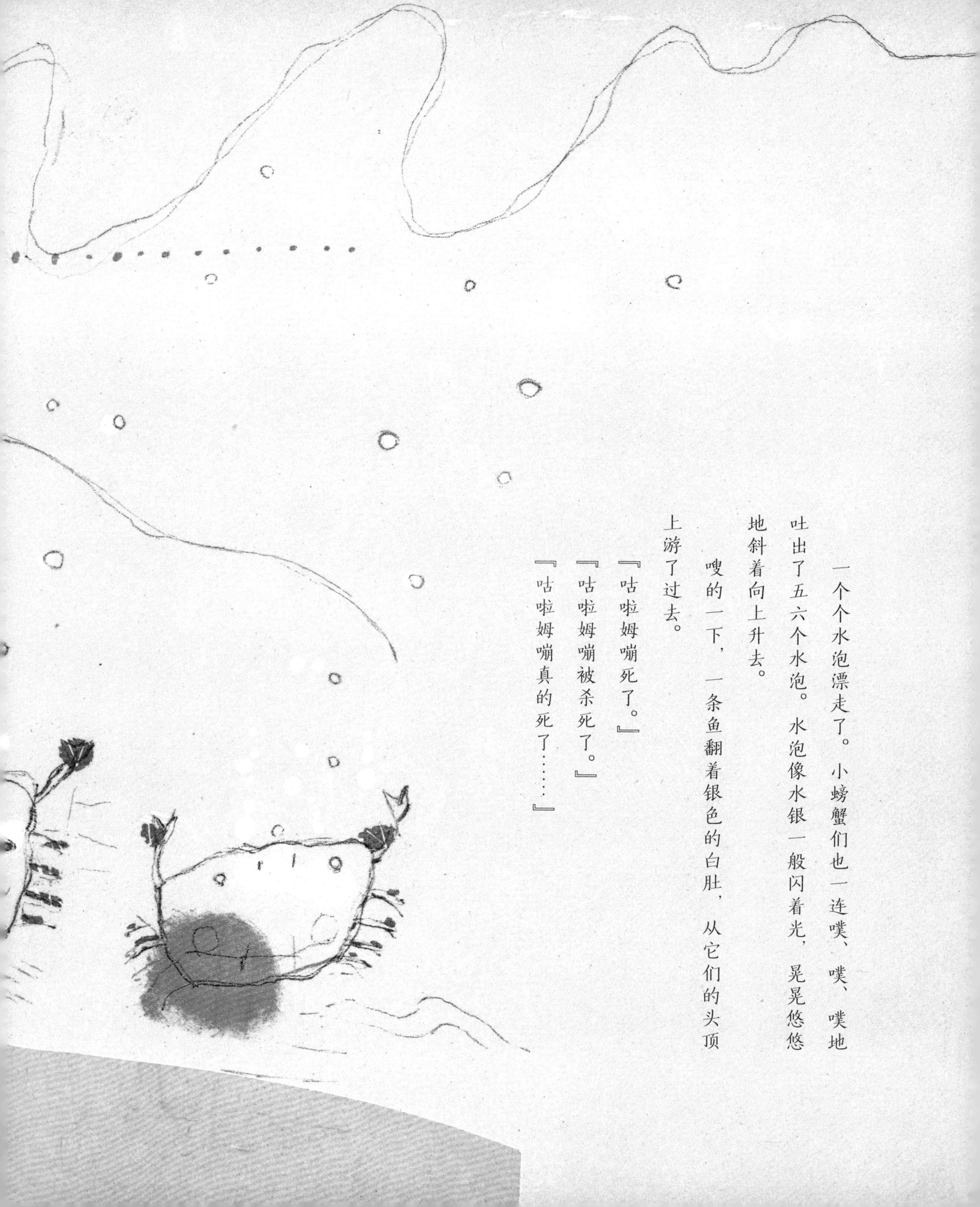

一个个水泡漂走了。小螃蟹们也一连噗、噗、噗地吐出了五六个水泡。水泡像水银一般闪着光，晃晃悠悠地斜着向上升去。

嗖的一下，一条鱼翻着银色的白肚，从它们的头顶上游了过去。

『咕啦姆嘣死了。』

『咕啦姆嘣被杀死了。』

『咕啦姆嘣真的死了……』

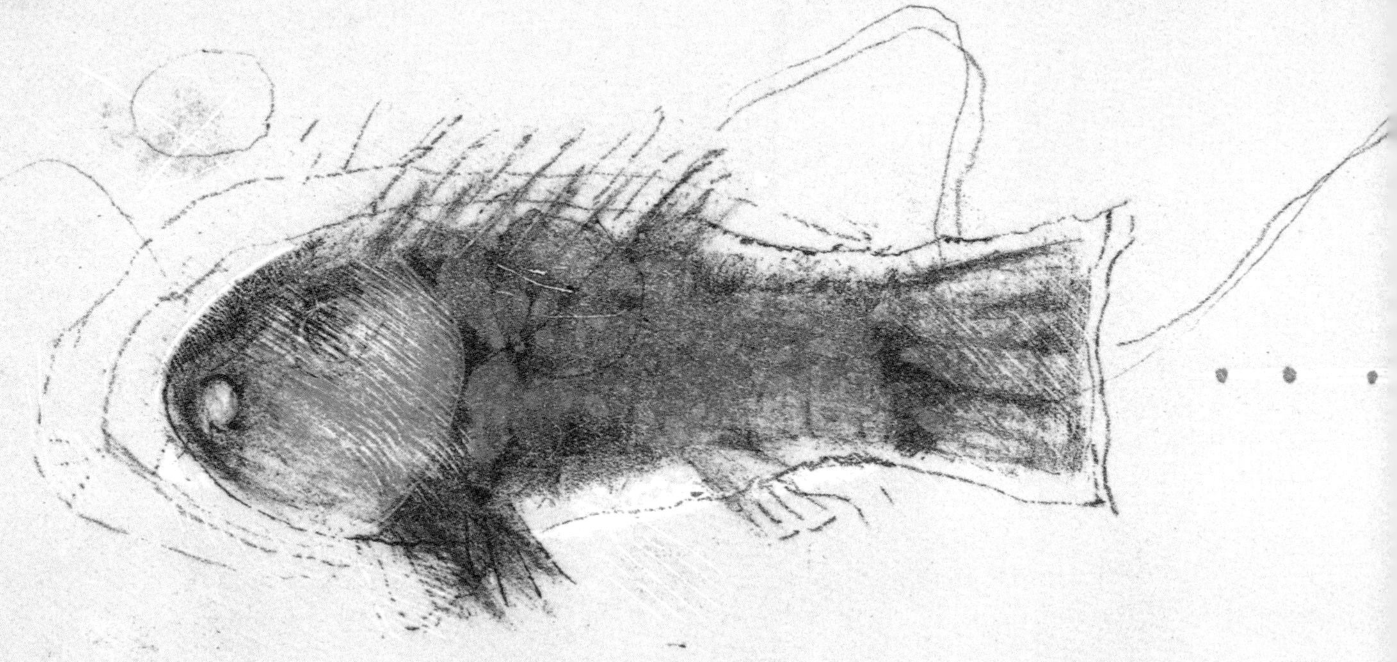

『被杀死了。』

『那么，你知道为什么被杀死了吗？』螃蟹哥哥将右面四条腿中的两条搭在了弟弟扁平的头上，问道。

『不知道。』

那条鱼又嗖地返了回来，向下游游去。

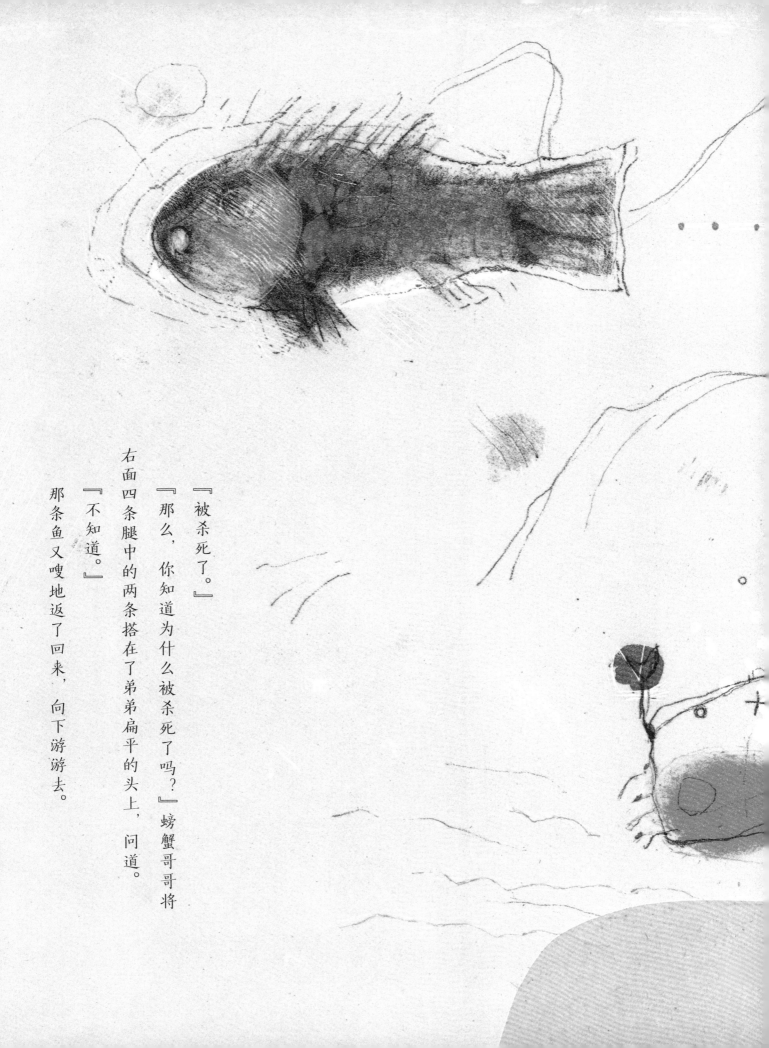

『咕啦姆嘣笑了。』

『笑了。』

这时，周围一下子亮了起来，金色的阳光洒进水中，如梦似幻。随波而来的光网，在水底白色的岩石上优雅而缓慢地伸缩。水泡和细小尘埃汇聚成垂直的光柱，斜斜地排列在水中。

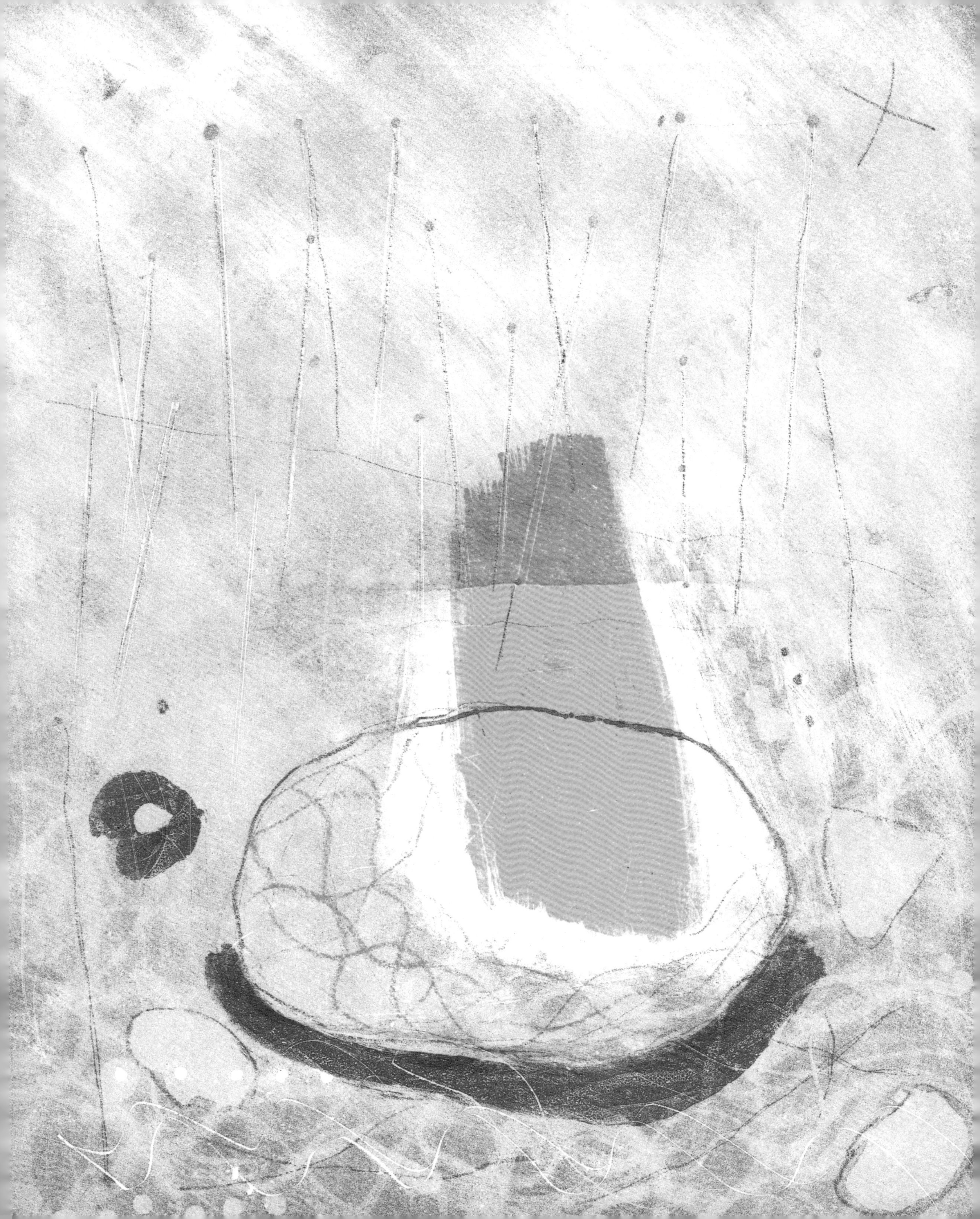

这一次，鱼冲破那片金色的光芒，朝水底突然闪了闪铁青色的光之后，又向上游方向升了上去。

『鱼为什么老是游来游去的呢？』

光线太刺眼了，螃蟹弟弟眨着眼问。

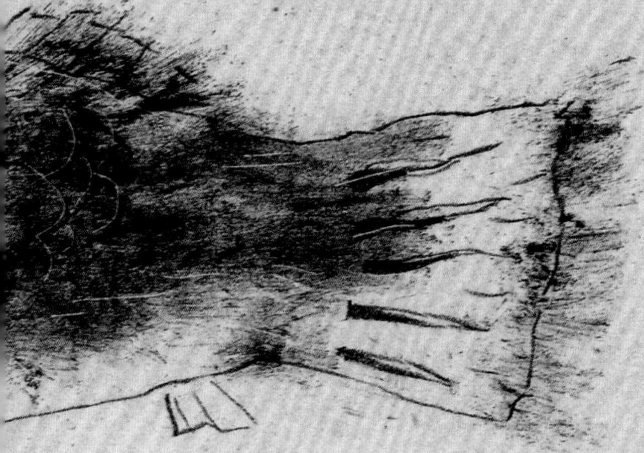

『肯定是做了什么坏事，有人在捉哪！』

『捉它哪？』

『嗯。』

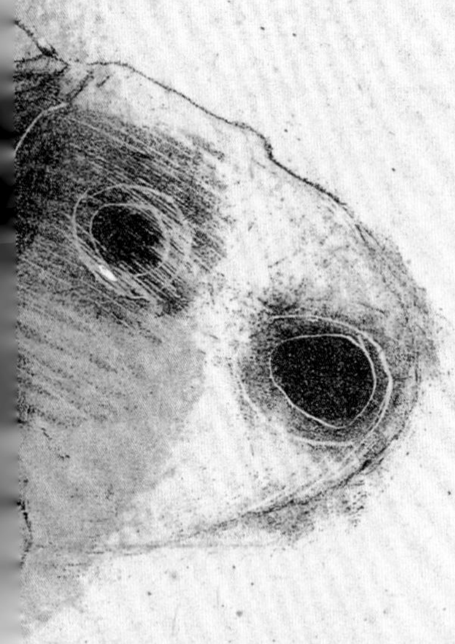

那条鱼又从上游游了回来。这回它不慌不忙，连鱼鳍、鱼尾都不摆动，只是张开圆圆的嘴巴顺着水流漂了过来。它的黑影静静地从水底的光网上面滑了过去。

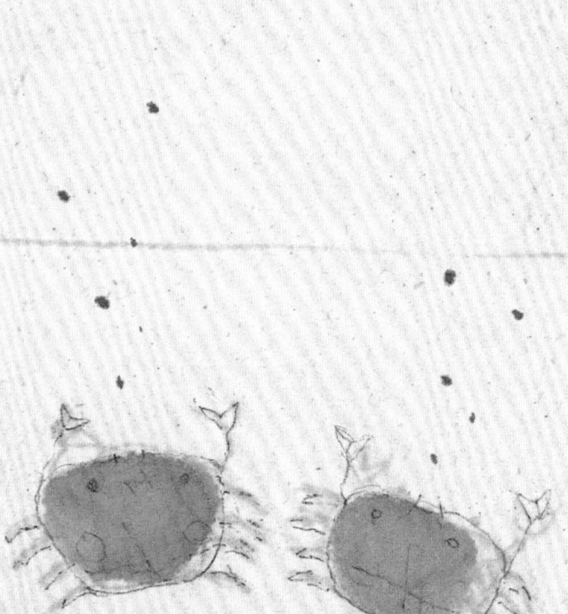

『鱼……』

就在这时——

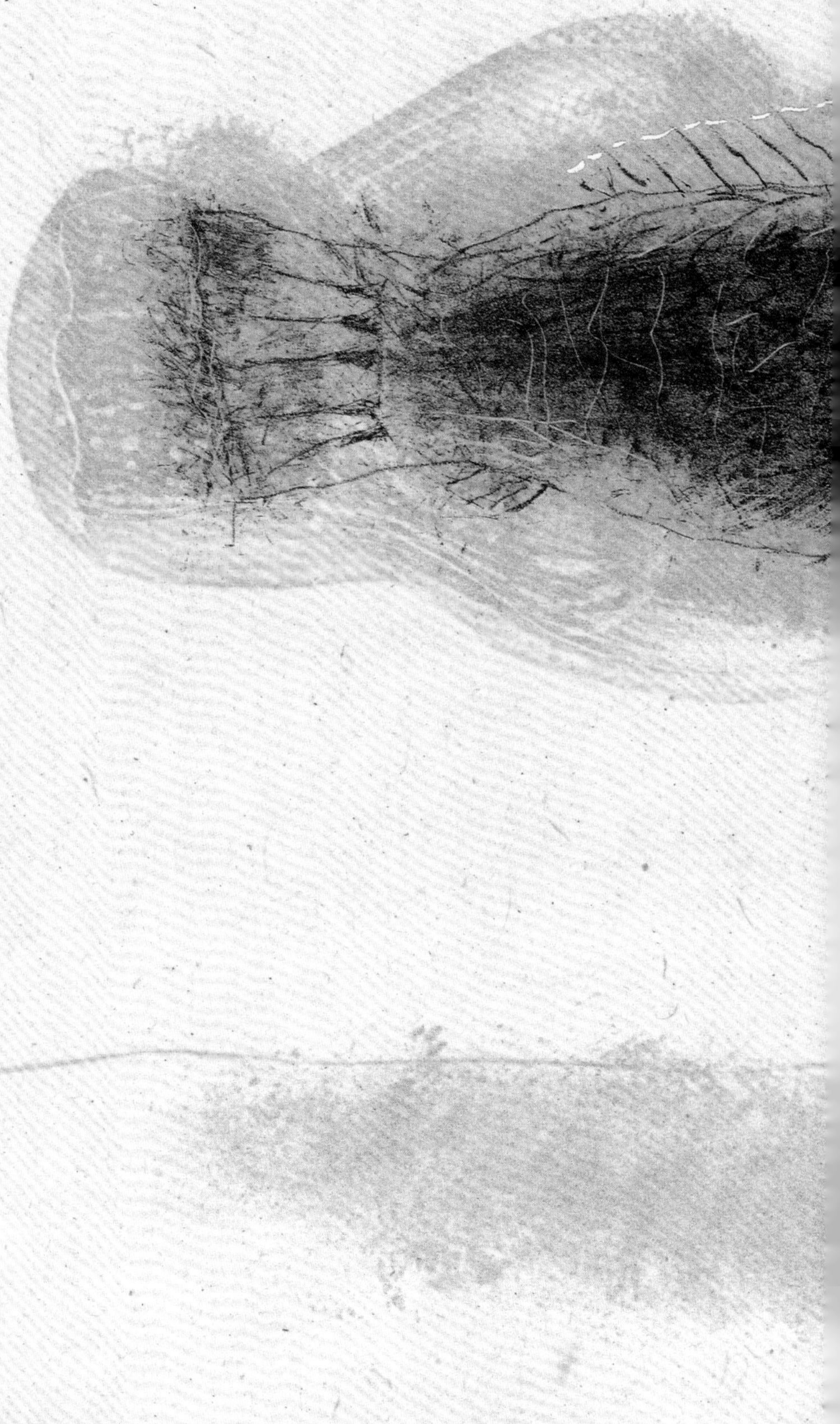

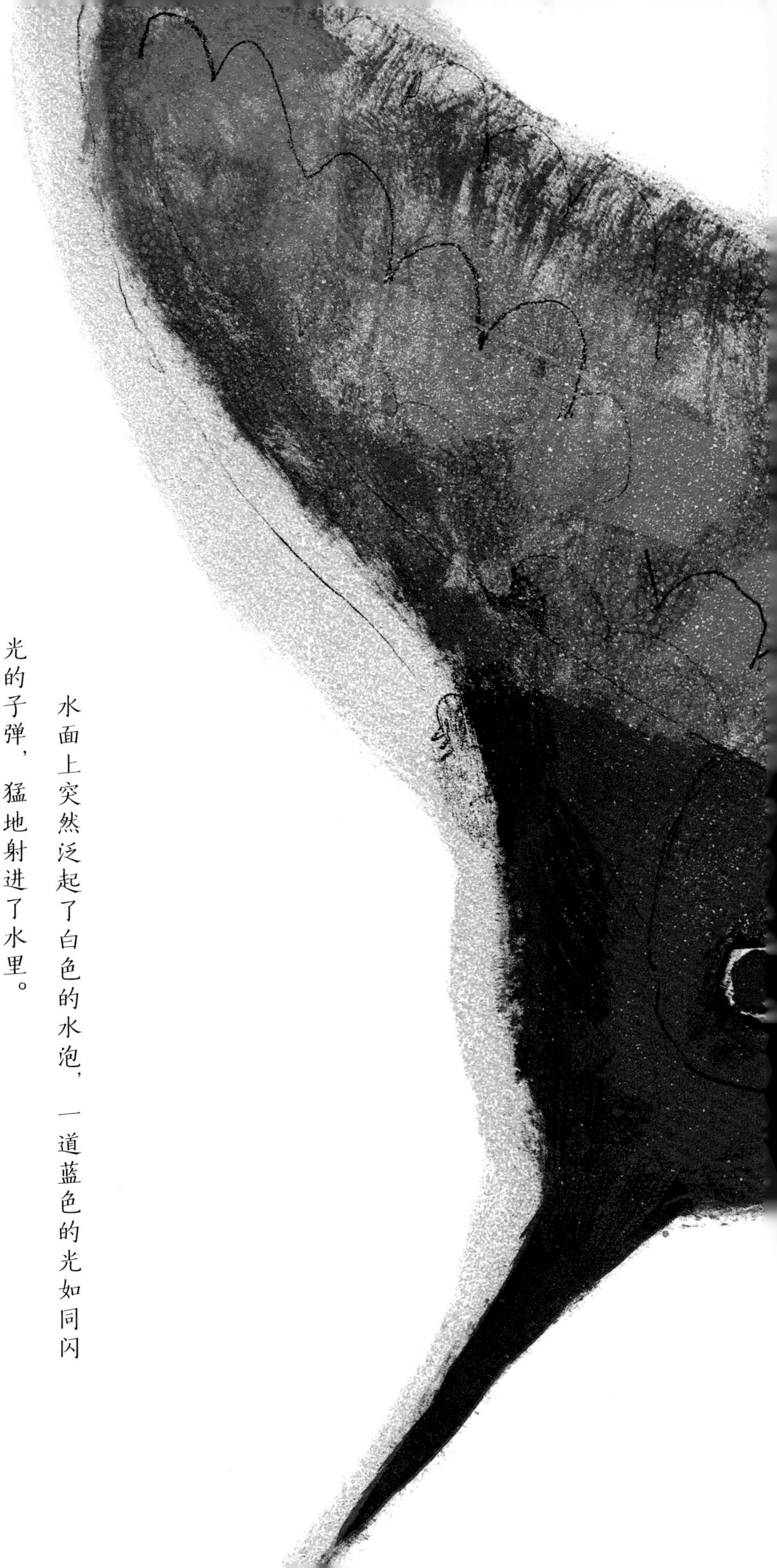

水面上突然泛起了白色的水泡，一道蓝色的光如同闪光的子弹，猛地射进了水里。

螃蟹哥哥看得再清楚不过了，那个蓝色东西的前面就像是一支又黑又尖的圆规。刚想到这里，只见鱼的白肚皮闪了一下，接着鱼倒翻着身子浮了上去。随后，就再也没看到那个蓝色的东西和鱼的影子了，只剩下了漂荡不定的金色光网和一个个水泡。

两只小螃蟹吓得不敢吱声，趴在那里一动也不动了。

螃蟹爸爸来了。
『怎么了？你俩怎么直打哆嗦？』
『爸爸，刚才有个奇怪的家伙来了。』
『什么家伙？』
『蓝蓝的，闪着光。头又黑又尖。它一来，鱼就游到上面去了。』
『那家伙的眼睛是不是红的呀？』
『不知道。』
『噢。应该是鸟吧，叫翠鸟。不要紧，放心吧。它不会把咱们怎么样的。』

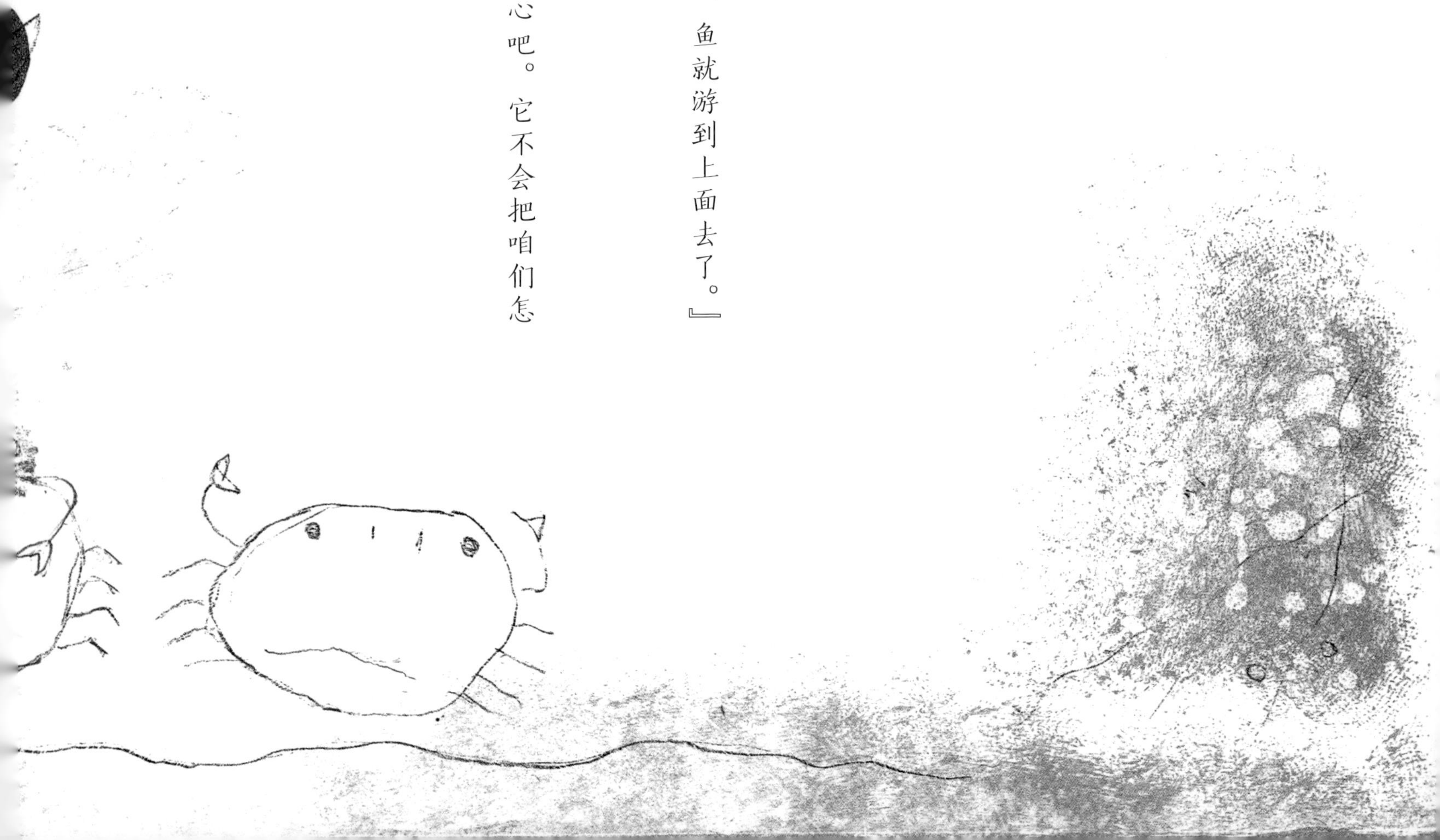

『爸爸，鱼去哪里了？』
『鱼吗？鱼去了一个可怕的地方。』
『我害怕，爸爸！』
『不怕不怕，不要紧的，不用怕。你们看，桦树花漂过来了。快看啊，多漂亮！』
数不清的白桦的花瓣，和水泡一起从水面上滑了下来。
『我害怕，爸爸！』螃蟹弟弟也叫了起来。
光网摇荡着、伸缩着，花瓣的影子从沙子上面缓缓地滑了过去。

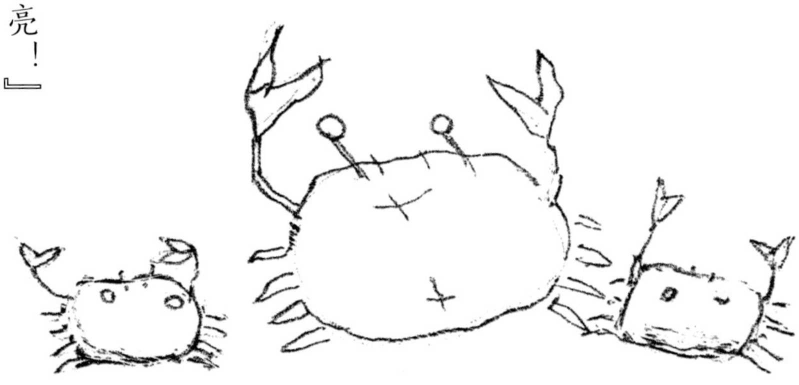

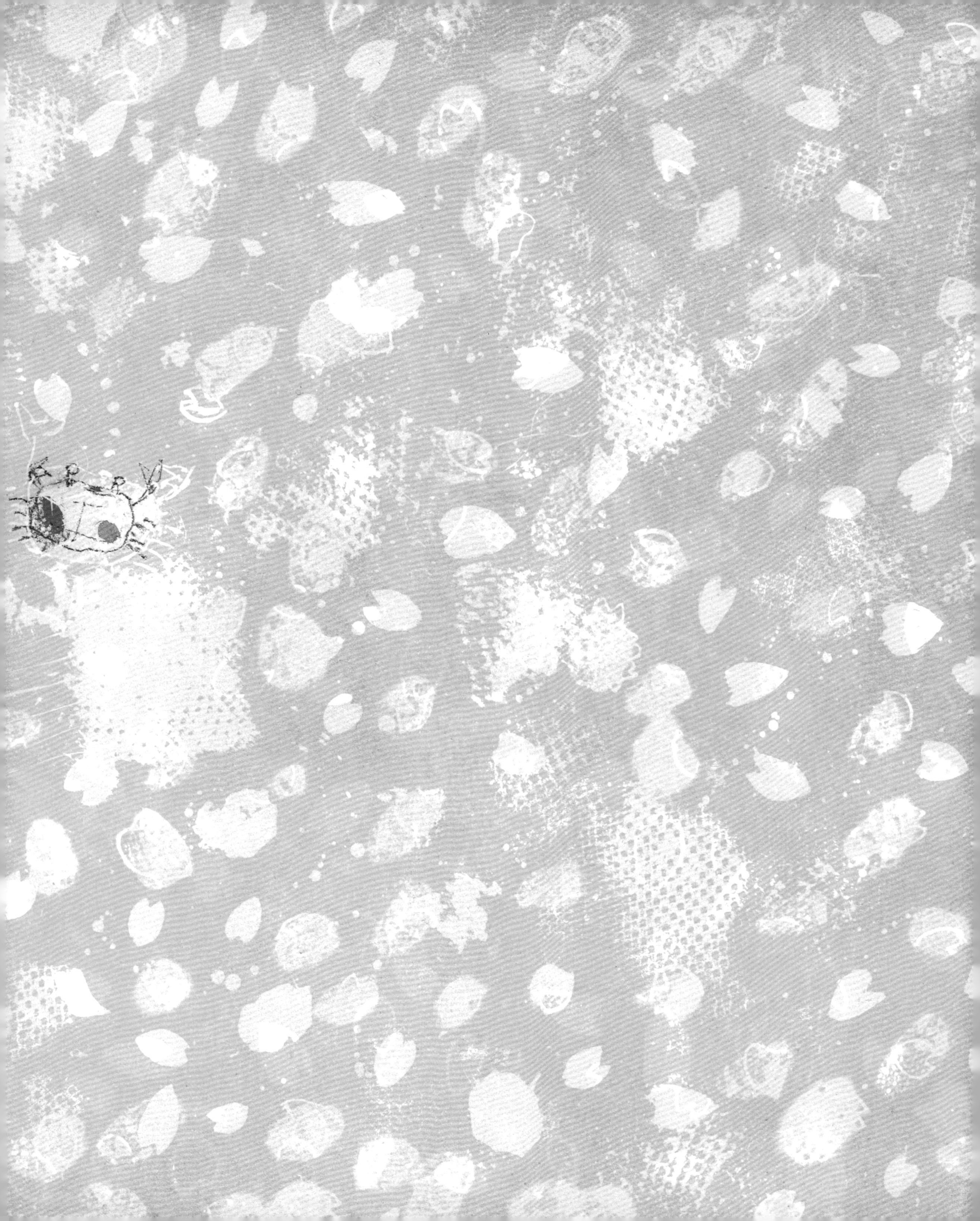

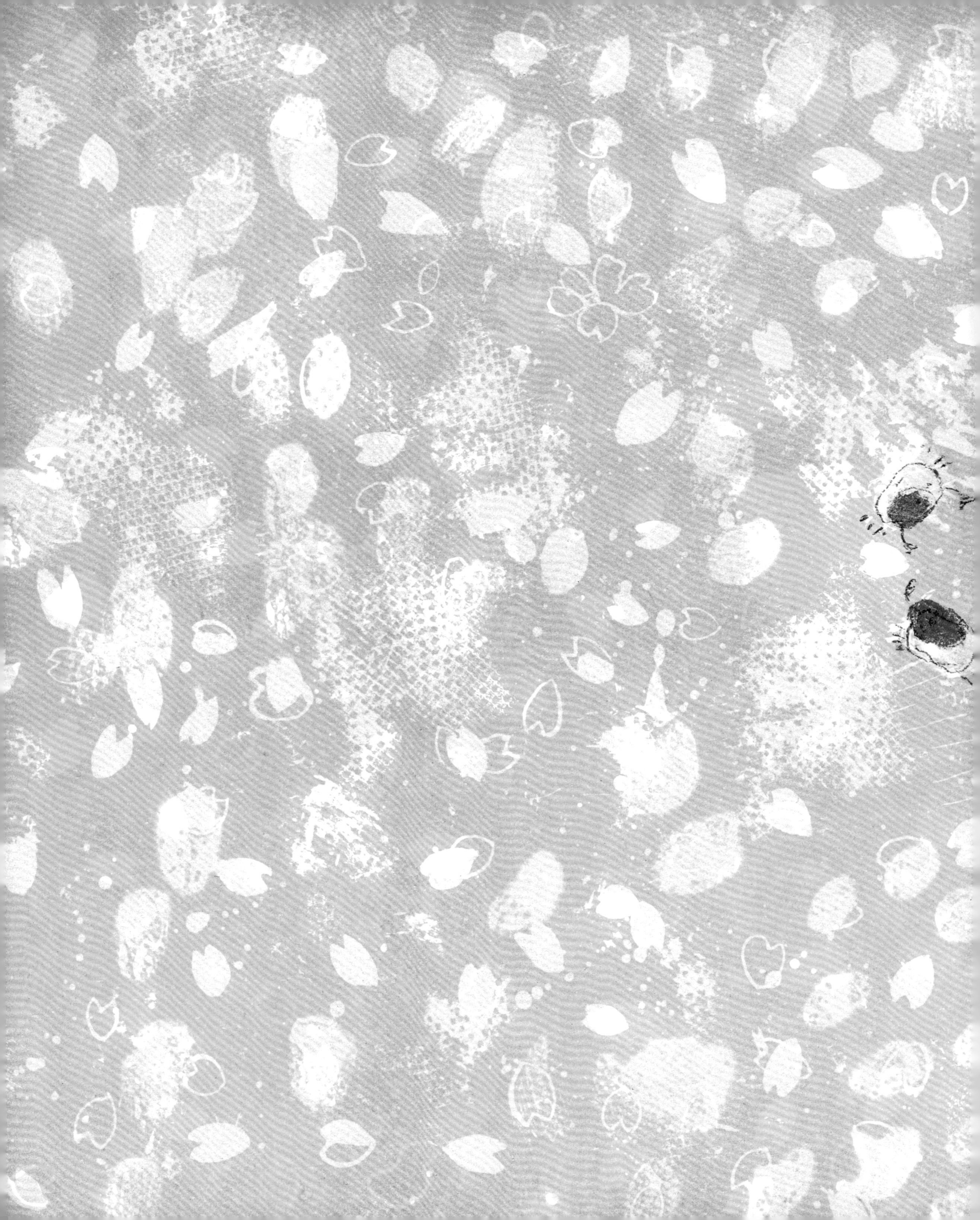

二、十一月

小螃蟹们已经长大了，水底下的景色也从夏天的彻底变成了秋天的。洁白柔美的圆石头滚了过来，锥形的水晶颗粒和金云母的碎片也流了过来，停在那里。

柠檬水一般的月光，一直透到冰冷的河底。水面的波浪如同蓝白色的火焰，一会儿燃烧一会儿熄灭，周围一片寂静，只有那波浪声好似从很远的地方传来。

因为月光太亮、水太清了，小螃蟹们睡不着，都来到了外面。它们一边吐着水泡，一边默默地抬头望着水面。

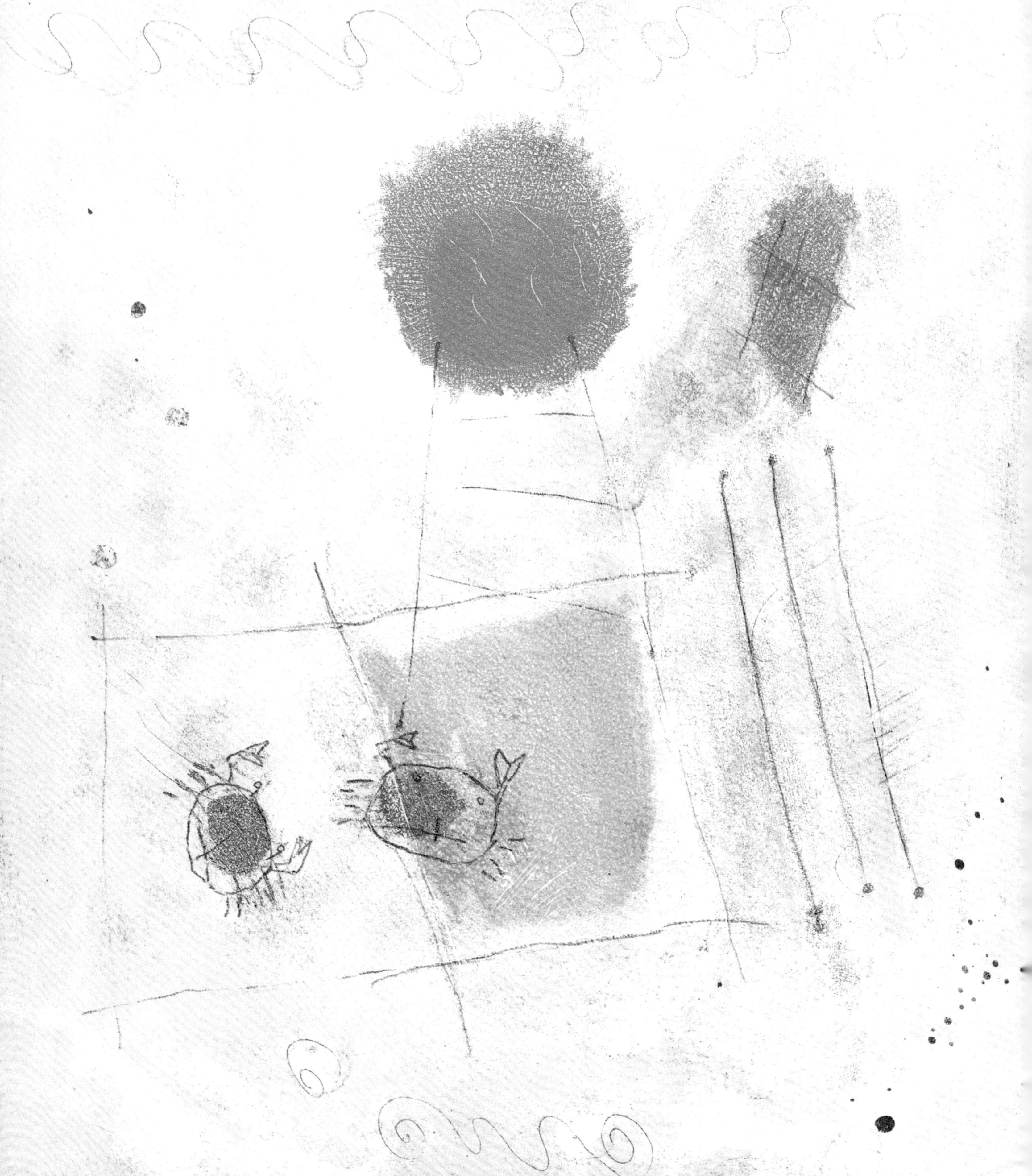

『还是我吐的大呀。』

『哥哥是故意吐得大大的，我要是想吐，也能吐那么大。』

『那你吐一个给我看看！哎呀，就那么大呀！看着，哥哥给你吐一个大的。看，够大吧？』

『也不大，和我的差不多嘛。』

『那是因为你离得太近，所以才觉得大。不信咱们一块儿吐。准备好了吗？你看。』

『还是我的大呀！』

『怎么可能！那再吐一个。』

『不行不行，你都直起身子来了！』

螃蟹爸爸出来了。

『快睡吧。已经晚了，明天我还要带你们到伊佐户去呢！』

『爸爸，我们吐的水泡谁的大？』

『当然是哥哥的大啦。』

『才不是，我的大！』螃蟹弟弟快要哭鼻子了。

就在这时，咚的一声——

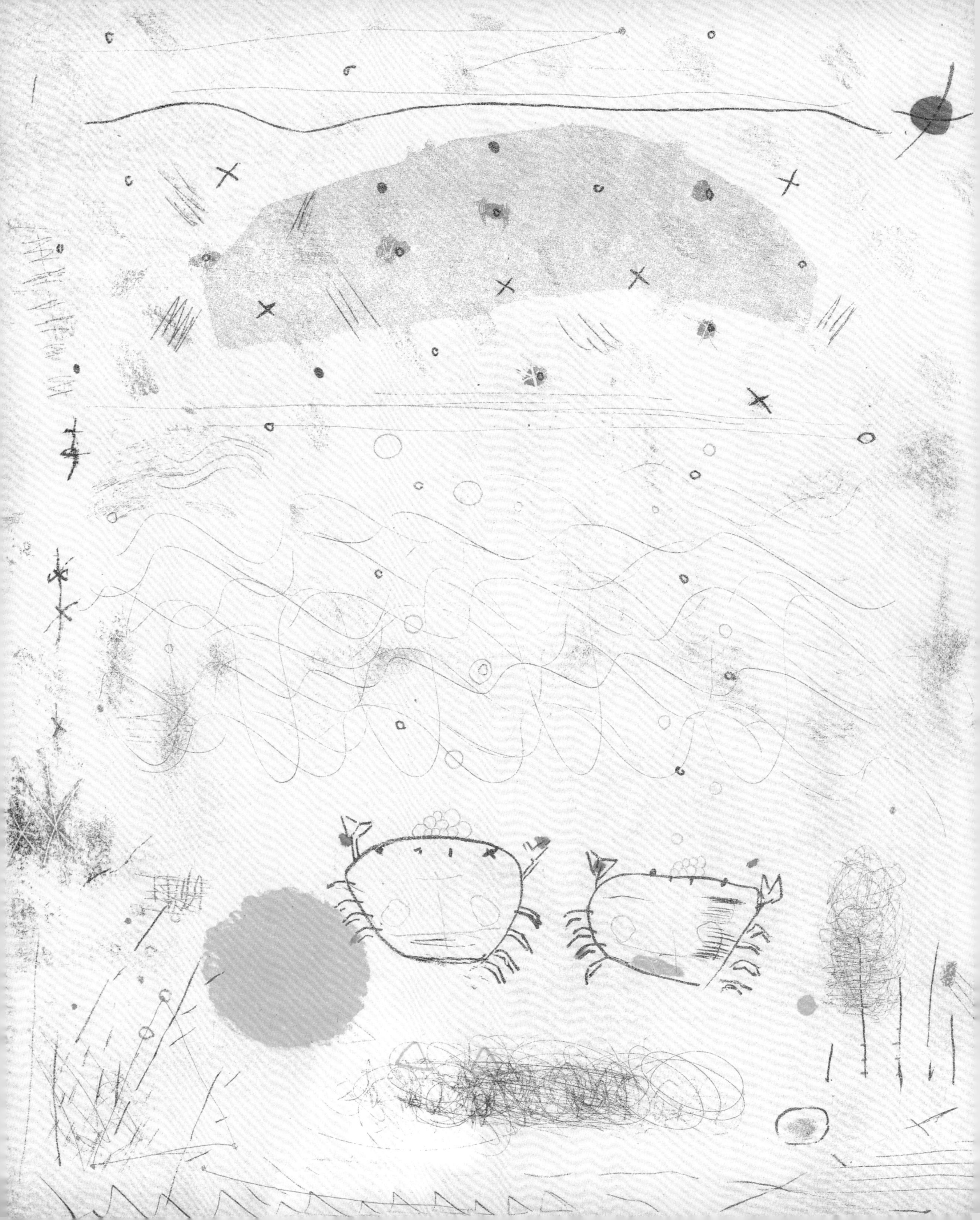

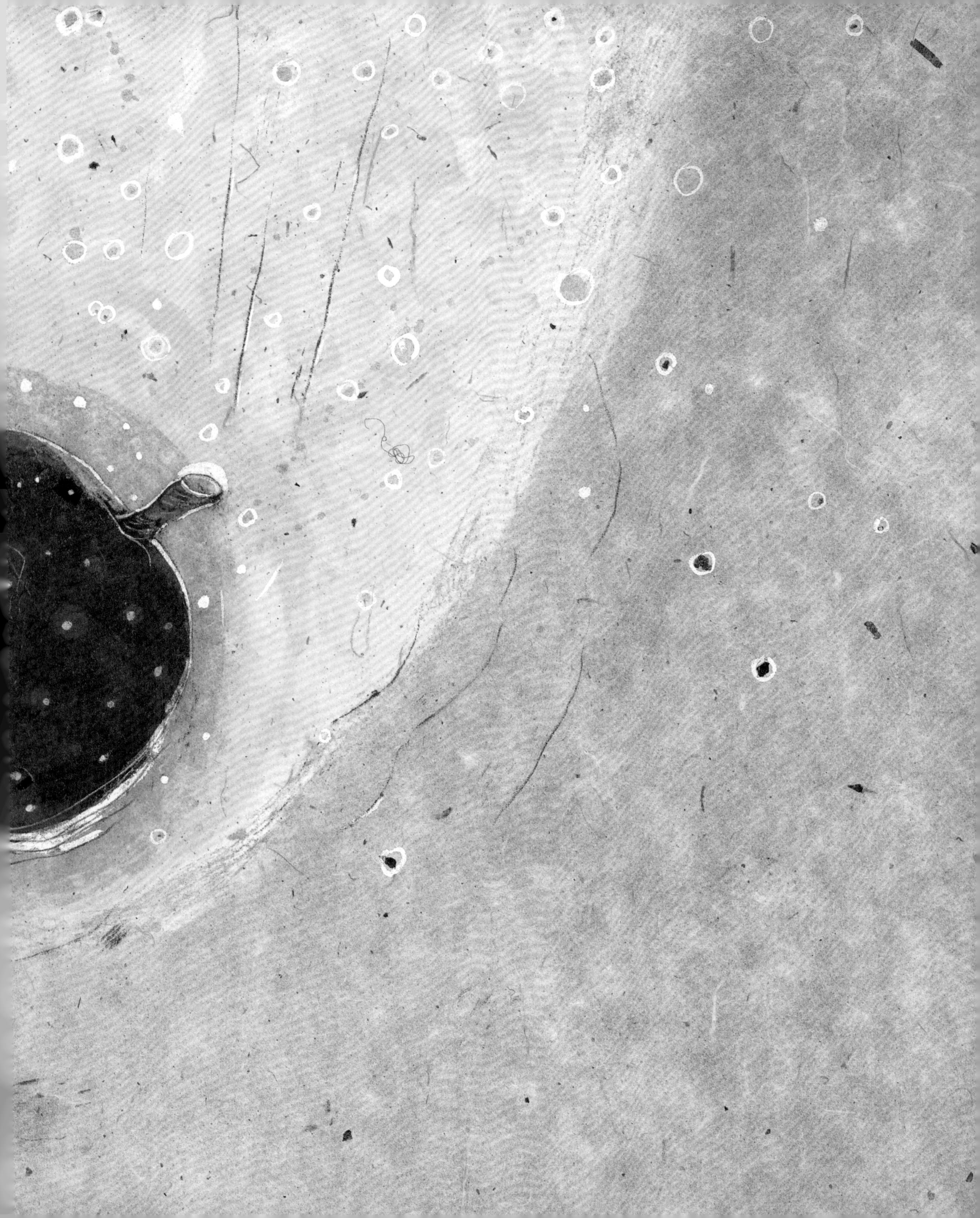

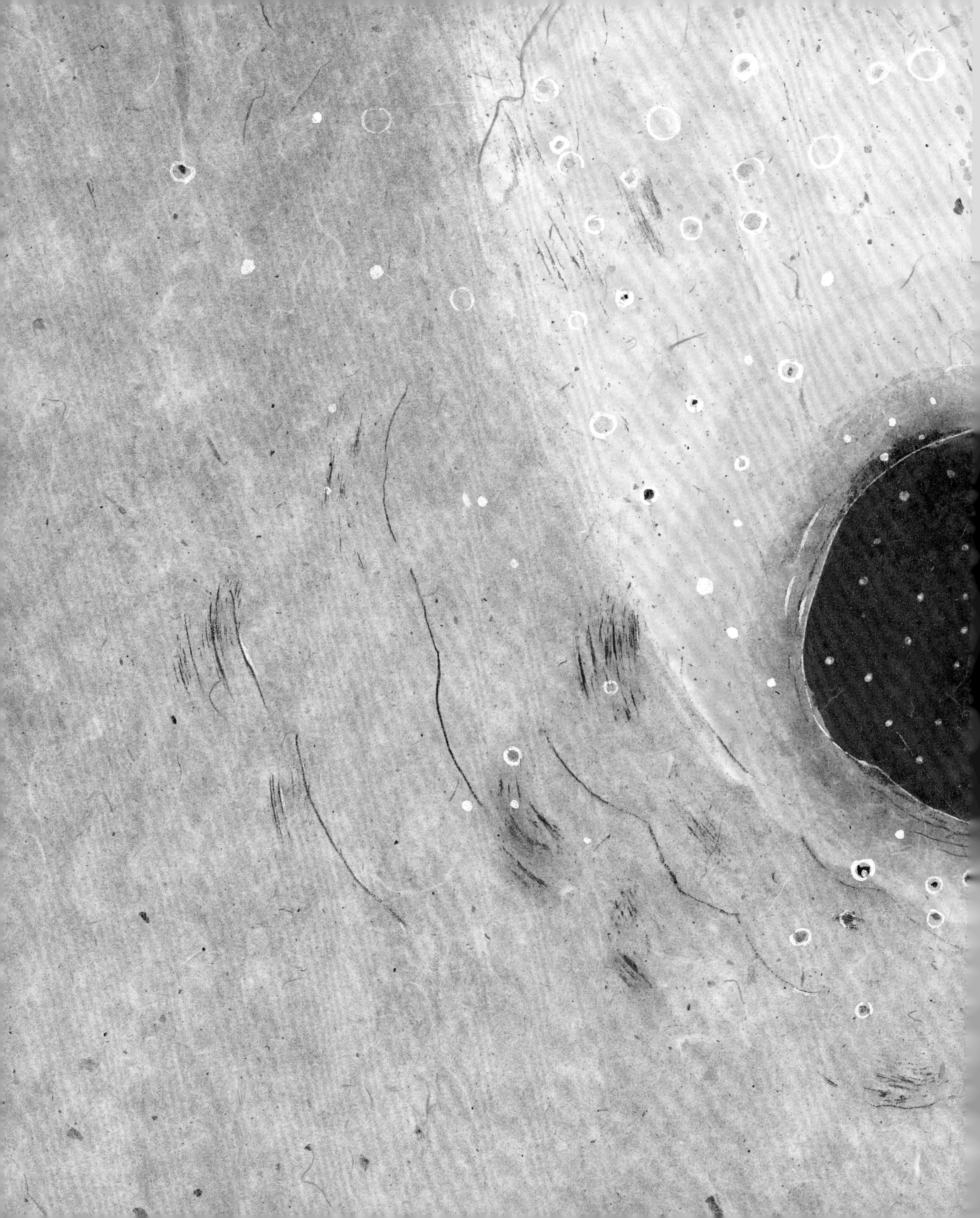

一个又大又圆的东西从水面掉了下来，沉着沉着，又向上头浮去，还闪烁出一片片金色的光斑。

『是翠鸟！』两只小螃蟹压低身子说。

螃蟹爸爸把两只望远镜似的眼睛伸得老长，仔细观察了一阵子，才说：

『不对，那是山梨，它就要被水冲跑了。咱们快追上去看看吧！啊啊，真香啊！』

果然，一股山梨的香味从被月光照亮的水里透了出来。

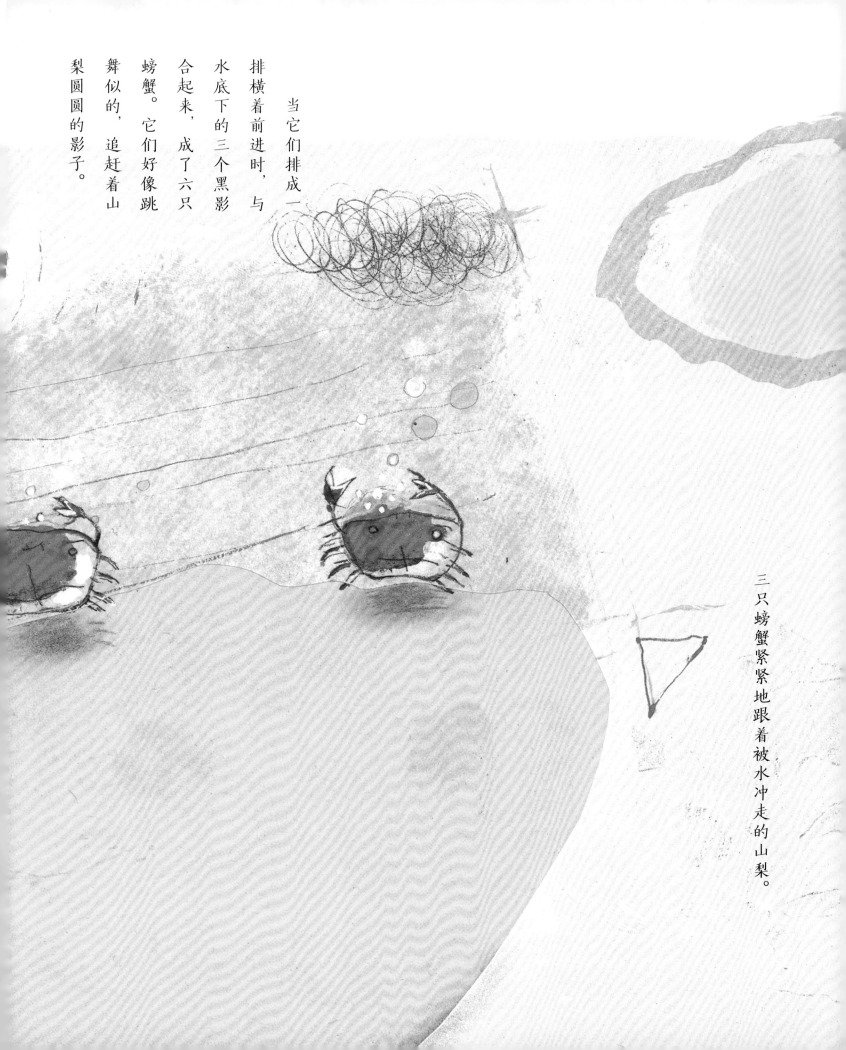

三只螃蟹紧紧地跟着被水冲走的山梨。

当它们排成一排横着前进时，与水底下的三个黑影合起来，成了六只螃蟹。它们好像跳舞似的，追赶着山梨圆圆的影子。

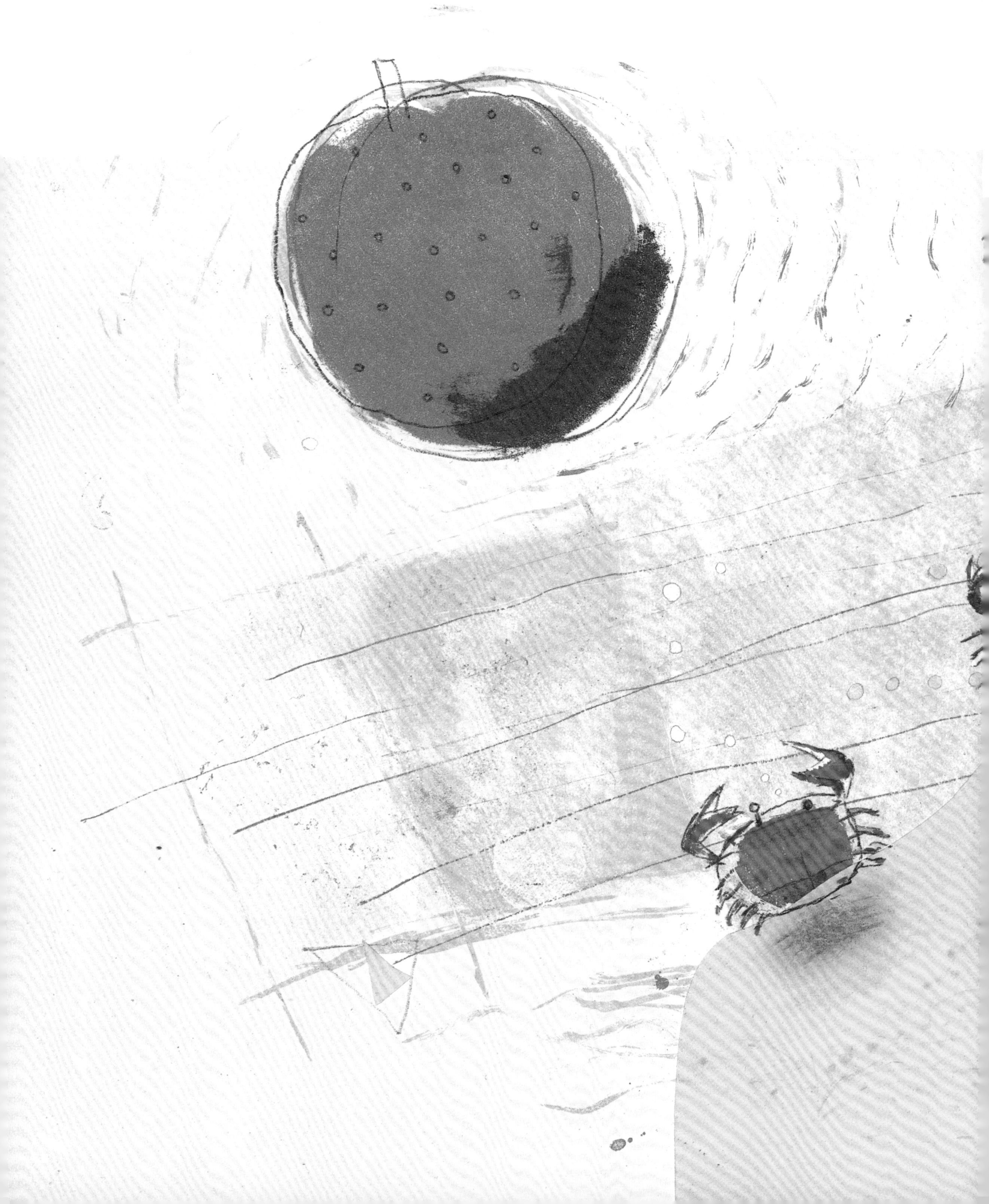

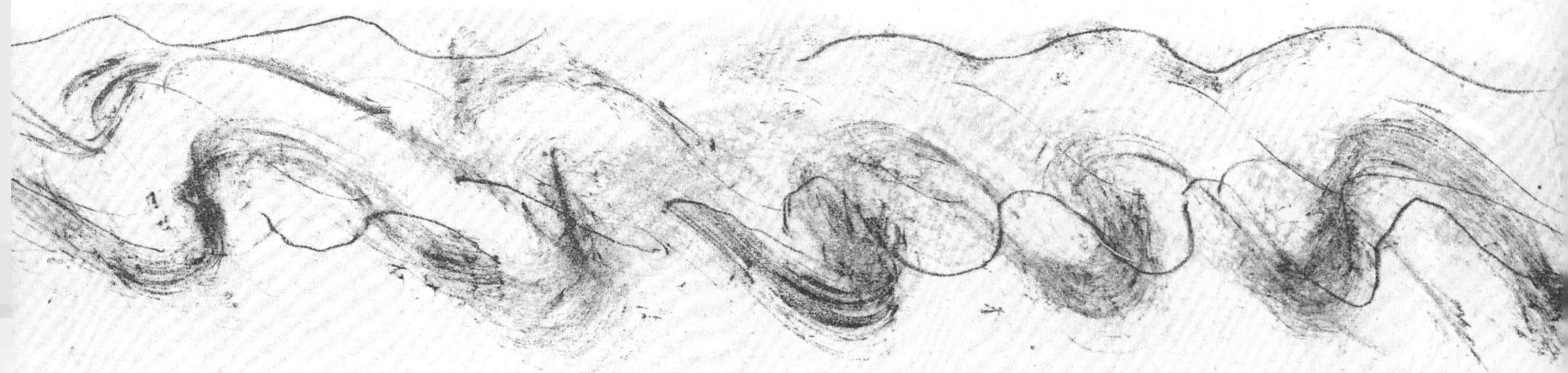

不一会儿，水哗哗地响了起来，水面的波浪掀起了蓝色的火焰。山梨被一根横着的树枝卡住了，沐浴在月光下的彩虹之中。

『怎么样，果然是山梨吧！熟透了的山梨啊，好香吧？』

『好像很好吃呀，爸爸！』

『等一下，等一下，再过两天，它就会沉下来，到时自然就会酿成醇香的美酒。走吧，回去睡觉吧，来呀！』

螃蟹父子三个往自己的洞里爬去。

波浪掀起的蓝色火焰摇得更加厉害了，像是在吐金刚石的粉末。

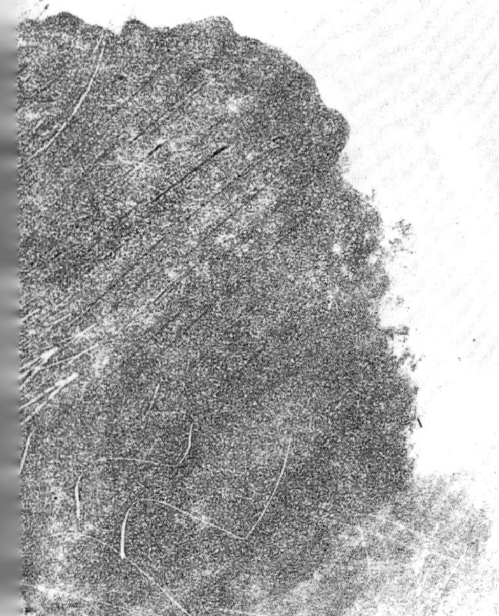

我的幻灯就到此结束了。

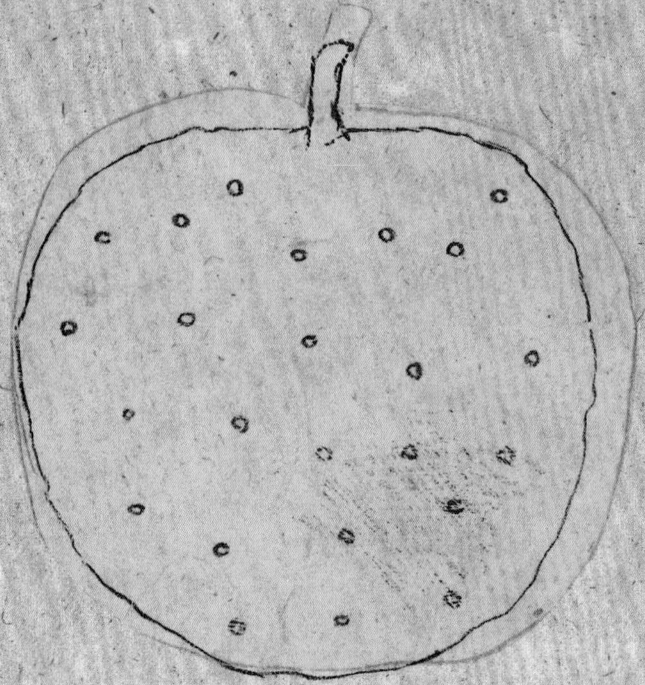

山梨
Shanli

出 品 人：柳　漾
项目主管：石诗瑶
策划编辑：柳　漾
责任编辑：陈诗艺
助理编辑：石诗瑶
责任美编：李　坤
责任技编：李春林

图书在版编目（CIP）数据

山梨／（日）宫泽贤治著；（日）远山繁年绘；周龙梅，彭懿译．—桂林：广西师范大学出版社，2018.11
（魔法象．图画书王国）
书名原文：Yamanashi
ISBN 978-7-5598-0987-2

Ⅰ．①山…　Ⅱ．①宫…②远…③周…④彭…　Ⅲ．①儿童故事－图画故事－日本－现代　Ⅳ．①I313.85

中国版本图书馆CIP数据核字（2018）第137702号

广西师范大学出版社出版发行
（广西桂林市五里店路9号　邮政编码：541004
网址：http://www.bbtpress.com）
出版人：张艺兵
全国新华书店经销
北京盛通印刷股份有限公司印刷
（北京经济技术开发区经海三路18号　邮政编码：100176）
开本：889 mm × 990 mm　1/12
印张：$3\frac{8}{12}$　　插页：32　　字数：60千字
2018年11月第1版　2018年11月第1次印刷
定价：42.80元

一直奔跑下去

宫泽贤治图画书精选

魔法象
图画书王国
导读手册

目录

宫泽贤治
和他的童话

◎彭懿 / 儿童文学作家

在日本，宫泽贤治这个名字早已家喻户晓。

2000 年，日本《朝日新闻》进行了一项调查，由读者投票，选出“一千年来最喜欢的日本文学家”。宫泽贤治名列第四，远远超过了太宰治、谷崎润一郎、川端康成以及村上春树等知名作家。

贤治一生共写了长长短短一百多篇童话，但他生前遭到冷落，仅仅自费出版了一部童话集，而且连一本也没有卖出去。他仅活了三十七个年头，是一个悲剧性的人物。宫泽贤治单纯而又复杂，正如他的作品一样。他既是童话作家，又是诗人、教师、农艺改革指导者，还是悲天悯人的求道者……确实，很难对这位“代表日本的国民作家”做出一个明确的定义。

在宫泽贤治的成长过程中，有几个人对他的影响是不可低估的。

第一个是他的父亲。贤治的父亲是爱好读书之人，也是一位热心而又虔诚的佛教徒，他每天早上会领着家人站在佛坛前诵念佛经。贤治的伯母也笃信佛教，从小为贤治唱的摇篮曲就是《正信偈》《白骨章》等经文。

在这样一种宗教氛围中长大的贤治，自然一生都无法与宗教割离开来。

在贤治的作品中，有一类童话被他自己称为“佛教童话”，《夜鹰之星》就是“佛教童话”中的一篇。贤治曾说：“在全世界没有获得幸福之前，是不能有个人幸福的。……寻求世界真正的幸福，即是我的求道之路。”《夜鹰之星》正是他对毕生追问的“对人来说，什么才是真正的幸福？应该怎样才能使整个世界获得幸福？”这些问题的一个解答。

至于文学上的启蒙，最早对贤治产生影响的一个人可能要算是贤治祖母的妹妹了。贤治六岁那年因患痢疾住院，她一直守在他的身边。贤治从她那里听到了不少民间故事。

上小学后的贤治遇到了他

的恩师——小学三、四年级的班主任八木英三。他曾多次在课堂上为学生讲外国童话，这无疑在贤治的心里播下了一粒童话的种子。许多年以后，当贤治追溯起自己走上文学之路的动机时，曾这样说："我的童话及童谣的基本思想，是在小学三、四年级形成的。那时，先生不是给我们讲过《太一》《海里有盐的原因》等一个个故事吗？那时我出神地畅游在梦的世界里。我现在所写的一切，不过是那个梦的世界的再现而已。"读中学以后，贤治开始接触屠格涅夫、托尔斯泰等俄国作家的作品，此外，美国思想家爱默生的著作也让他着迷。

贤治从大量的阅读中汲取精神养分、获得创作灵感。比如，我们可以从他的多篇童话中看到安徒生童话的影子。西田良子曾将贤治的《夜鹰之星》与安徒生的《丑小鸭》从头至尾进行了比照。她发现，在情节及文章结构上，两部作品惊人地相似。除了安徒生，对贤治影响最大的可能要算卡洛尔了。

"爱丽丝"系列在贤治的童话中留下了深深的烙印，童话《要求太多的餐馆》《水仙月四日》《橡子与山猫》无一例外采用的都是"从日常世界进入非日常的世界，然后再回到日常世界"这种非常经典的幻想小说中常见的结构。

中学时代的贤治还热衷于采集矿石，制作植物、昆虫标本。渐渐地，他对自然愈发迷恋起来。二年级的时候，贤治头一次登上了岩手山。岩手山是岩手县的一座休眠火山，山顶常常白雪皑皑。这座山日后成了贤治众多作品的舞台。这一时期的山野经验，后来也都成了贤治创作童话的重要素材。贤治曾这样谈自己的创作：

我们即使没有足够的冰糖，也能够喝到纯净透明的清风和早晨桃色的美丽阳光。

而且，我在田野和森林中，经常看见破旧不堪的衣服变成最美丽的绫罗和镶嵌着宝石的衣服。

我喜欢这样的洁净食物和衣装。

我讲述的这些故事，都是树林、原野、铁道线、彩虹和月光赋予我的。

1918年，宫泽贤治从盛冈高等农林学校毕业。也就在这一年，二十二岁的贤治写出了被认为是他的童话处女作的《蜘蛛、蛞蝓和狸》及《双子星》。

之后，贤治因为与父亲在宗教信仰上的冲突，一个人突然离家出走。他来到东京，一边参与宗教团体的街头布教活动，一边在文信社誊写大学讲义，靠打零工谋生。这是一段十分清苦的日子，据说他只靠水和马铃薯度日。然而，在这段时间里，贤治的童话创作却一发不可收，《渡过雪原》就是这个时期的作品。贤治曾对他的恩师八木英三讲："一个月里写了三千页。写到结尾时，字一个个从稿纸里跳了出来，向我点头行礼。"

离开东京后，贤治回到家乡，做了四年稗贯农业学校（今花卷农业高中）的教师。然后，他又一次离开家，一个人搬到下根子樱开始独居自炊的生活。这一年，贤治创办了旨在传授农艺科学、文化知识的"罗须地人协会"，致力于农业的改良与施肥技术的指导。因为积劳成疾，清贫而又孤高的贤治永远地闭上了眼睛，走完了他那短暂的一生。

贤治是天才，是一个拥有非凡幻想力的天才。日本著名哲学家梅原猛认为，宫泽贤治的童话之所以这么打动人，是因为贤治写童话是"出自自己世界观的必然。对他来说，显然动物、植物、山川都和人类一样具有一种永恒的生命……在童话中，动物与人类具有对等的价值。这里描写的是动物与人类所拥有的共通的命运。贤治并不想以童话来讽刺人类世界、改良人类世界，而是以之揭示人类应该怎样与动物等天地自然的生命立于亲爱的关系之上"。除此之外，濑田贞二分析了造就贤治成为一名童话作家的外部原因：一是乡土的自然，二是乡土的民俗，三是宗教，四是学识。

今天，贤治的童话被全世界的孩子阅读，但仍有人会提出这样的疑问："贤治的童话是儿童文学吗？"对于这个问题，每个人的答案都不尽相同。日本儿童文学研究者神宫辉夫就认为"贤治的童话有符合儿童文学特征与不符合儿童文学特征这两种"。他举例说，像《大提琴手高修》可以算儿童文学，而像《银河铁道之夜》则不能算儿童文学。但是，不管算不算儿童文学，宫泽贤治的童话带给所有人的感动是一样的。

读懂宫泽贤治，与赤子之心重逢

◎粲然 / 童书作家、亲子共读推广人

我一向认为，宫泽贤治的童话有一个独特的心灵面向。它对老人、孩子和一切柔弱无力之物都无保留地敞开，唯在蝇营狗苟、忙碌世事的成人眼前隐没踪迹。

习惯当下“10 万 +”网络鸡汤文的成人，可能难以理解宫泽贤治故事的内在逻辑和潜在力量。我们已经习惯，故事应该聚焦某个即将（或终会）取得成功的人，他的行为有明确目的性，他所经历的种种磨难受到万众瞩目，他会获得贵人扶持，他的人生一定会有奇迹式的逆袭情节，他最终会衣锦还乡、幸福终老。

这类英雄养成的惯常逻辑，在宫泽贤治的童话里找不到任何影子。或者说，宫泽贤治的童话表现了对英雄逻辑的彻底悖逆。

它为古往今来、世界各地的“弱者”和“失败者”而鸣。

因此，我们将和孩子一起读到：《山梨》中小螃蟹并没有完全逃脱从水面上而来的死亡威胁，但它们慢慢发现，水面上除了有带来死亡威胁的翠鸟，也有能酿成美酒的山梨；《开罗

团长》中被黑斑蛙设计陷害的雨蛙们，虽然承受了巨大的屈辱，最后得以摆脱桎梏时，只是和从前一样，继续愉快地干起活来；在《橡子与山猫》中关于“谁最伟大”的审判里，一郎的宣判是“最笨的、最丑的、最不像样的才是最伟大的”；《大提琴手高修》里前赴后继鼓励落魄大提琴手高修、全身心与他的音乐共鸣的，只是一些乡间小动物；《虔十公园林》里傻气的虔十种下杉树，因此受到邻里欺凌，他没有得到公正的对待就撒手人寰，许多年后，那些在杉树林下长大的孩子才懂得了感恩他的这份善意；《渡过雪原》里的小狐狸们收到孩子们送来的礼物，和孩子们一起吃下黄米面团子，决定长大以后不说谎、不偷盗、不嫉妒；《水仙月四日》里，被雪婆子逼迫着肆虐大地的雪童子挺身救下一个被困雪地的孩子……

在宫泽贤治的童话里，最常讴歌的，是弱小人物的人生决定。他们历经磨难，乃至肉体死亡，但只要葆有纯净与赤忱，隐而不显的“天地之王”（象征着自然规律）终究会引导他们的灵魂走向永恒。《双子星》中的两位童子最终回到了天上的宫殿，《夜鹰之星》中的夜鹰燃烧自己化作夜鹰之星——这是宫泽贤治式的美学，是他藏在童话中的信仰。

即使对傲慢自负的灵魂，宫泽贤治也从不以暴抗暴。他以《要求太多的餐馆》为喻，幽默地引导人们去看：人生，是一次次卸下自我防护，走向被吞没的过程。其中，人们一门心思幻想得到，实际上，最后等待我们的，是狰狞的无常和彻底的失去。

宫泽贤治的童话，是与心灵潜意识对话的深情介质。在这里，稚嫩的幼小被爱护及赋予期待，无所倚靠的老年被珍视，甚至死亡也不是人生的终点。真正的伟大，并不是哪个救世主留下的战果。世上所有辉煌，都是历经失败的人所谱写的宏大史诗。

只有像孩子和老人一样，无限地接近过失败，无限坦诚地面对过失败感，我们才会真正意识到宫泽贤治之美，才会理解：生命真正的意义，蕴含在日常生活、普通人事之中。生命最大的力量，是即使美好随着时光流逝而不断地消逝，我们也有勇气不断鼓励自己——不输给风，也不输给雨。

读懂宫泽贤治，我们就有望与自己的赤子之心重逢。

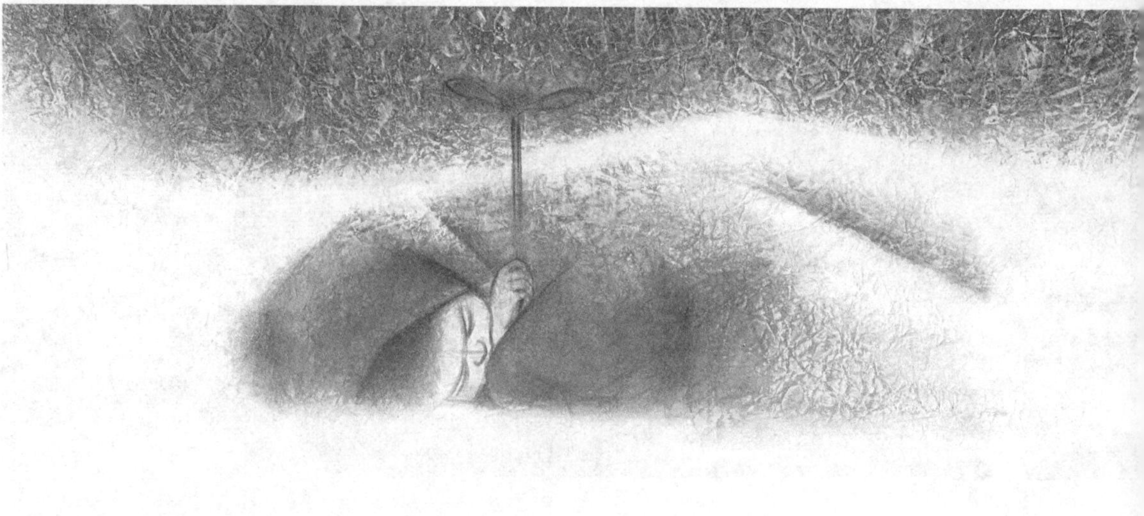

画家心中的贤治世界

◎王玄之 / 图画书作家、插画家

宫泽贤治心怀世界，将对生命及宇宙的思考都融入了作品里。他的文学魅力随时代变迁持续发酵，如今越来越多的读者被他的作品感动。相信隐藏在这些珍贵作品中的关于人与自然和谐共存的生活哲学，能被每一位阅读者传承。

《要求太多的餐馆》收录于宫泽贤治在世时唯一出版的同名童话集。以此篇童话的标题命名全书可见其重要性。日本偕成社邀请毕业于东京艺术大学雕刻系的岛田睦子老师为本书创作插画，在1984年出版了这本图画书。岛田老师擅长木版画，木版画的肌理暗示这是一个发生在森林里的事件，其配色虽不如油画、水彩画那样吸引眼球，但纯正、不张扬的天然色反而为这个荒诞事件增添了许多神秘色彩。宫泽贤治以身着英国兵服装的两位绅士在深山中迷路开篇，接着两人进入餐馆后经历了繁复的用餐规矩，这些描写都突显出这个故事的时代背景。这篇童话创作于日本大正时期，那个时代洋风与和风混杂，蒸汽旧时代的文化与电气新时代的文化相交汇，被称为"浪漫大正"。那时的作品充满对科技一知半解的释义，以及对充满无限可能的未来的想象。岛田睦子的木版画从建筑、着装、用具、生活方式等各个方面生动地还原了这则故事浪漫的时代特点。

三年后，偕成社又策划出版了《虔十公园林》。该篇风格异于宫泽贤治的大部分作品，其中没有幻想情节，讲述了主角虔十在造林前后经历的事情，富有浓厚的现实主义情怀。因此，图画书创作的重任便落在风格严肃的画家伊藤亘身上。

伊藤先生拥有丰富的广告招牌设计经验。他将广告招牌的设计手法融入图画书创作，画面表现异于传统的平面纸本绘画，看起来与日本传统的商店招牌有异曲同工之处。画面中大量使用纸雕，即用纸张制作成浮雕般的立体形态。青铜色画面的叙事力十足，如同悲怆的史诗，叫人过目难忘。而且，从肃穆中透出充满趣味的戏剧性，让人忍不住停留细看。

同年，出版社又出版了由青年画家远山繁年创作图画的《双子星》及《山梨》。远山君自 1977 年起便在巴黎国立美术学校学习石版画，所以这两本图画书均以石版画呈现。

众所周知宫泽贤治痴迷于宇宙，常在作品中描写星辰银河。远山繁年描绘的《山梨》酷似西班牙画家米罗的抽象画。山梨坠入水中的画面酷似彗星坠落的瞬间，岩石般色彩的山梨周围还燃烧着一圈光芒。紧接着的画面里，三只小螃蟹仰望山梨，好似三位数星星的小朋友并排坐在一起。小河里的微观世界堪比宏大的宇宙星河。与之相反，发生在银河的《双子星》却被描绘成一次日常的海边远足、原野漫步。这种蕴藏于画面里关于大与小的哲学在宫泽贤治的文学世界里也有表现，读来耐人寻味。

紧接着出版的《夜鹰之星》虽也以星为题，但与宫泽对星象的爱好没有直接关联。故事讲了夜鹰受到生命威胁后对食物链、生与死、瞬间与永恒等命题产生了思考。知名的木拼画画家中村道雄用几十种不同的木材拼贴作画，自然的纹理、鲜活的色彩能使读者感受到被制作成画的木材获得了第二次生命，更加突显出这则童话背后所隐藏的“再生”这一禅意主题。木拼画是中村老师的绝活，画面中有不同色泽的木材，肌理好似镶嵌其中的宝石，如中国古典工艺螺钿般璀璨。

1989 年初，图画书《橡子与山猫》问世，这篇童话也收录在宫泽贤治生前唯一出版的童话集中。作者是以绘猫闻名的铜版画画家高野玲子。《橡子与山猫》的故事发生在橡子掉落的秋季，高野老师用黄昏的色调描绘这个迷人的时节，加上蒙太奇的表现手法，传递出美丽中渗透的哀伤、热闹中隐藏的孤独。这种暧昧不明的色彩正是铜版画的一大特点。故事最后以一郎的无尽等待告终，与开头收到山猫来信时的喜悦形成鲜明对比。在这两页，高野玲子对少年一郎的面部表情进行了细致地刻画，而其余的画面几乎没有描绘一郎的正脸。无论是西方还是东方的绘画，都不乏描绘背影的作品，如法国新古典主义画家安格尔（1780–1867）的《瓦平松的浴女》、美国现实主义画家安德鲁·怀斯（1917–2009）的《克里斯蒂娜的世界》等。背影在艺术创作中已成为神秘、孤独、幻想的代名词。少年一郎一连串背影的出现以及首尾两页面部表情的变化，给读者留下充足的想象空间，阅读后让人久久回味。

图画书《大提琴手高修》于同年 10 月上市，图画由国际安徒生奖得主赤羽末吉绘制。赤羽老先生用水墨画完成了创作。他的水墨画独具一格，他常仔细勾勒人物，颇具西洋画风采。例如高修让花猫伸舌头并突然划燃火柴的一幕：花猫表情惊恐，嘴边的四根胡须清晰可见，浑身毛发直立。画面不但具有写意水墨的浪漫夸张，又富有写实绘画的生动活泼，这种中西合璧的绘画风格或许和赤羽先生曾在中国生活，之后又于美国大使馆任职的经历有关。至于这种技法的具体成因，他说一切都是自学，没准这段过程和高修苦练成才的故事一样美妙。

1990年，师从日本抽象派画家山口长男的高志孝子为《渡过雪原》创作图画。高志女士描绘的风景介于抽象与写实之间，彩铅和擦笔水彩相结合，手法细腻。十五月圆的夜晚，四郎和康子走在被月光映照的雪地里，准备前去参加狐狸们的幻灯会。故事虽发生在寒冷的北国冬夜，但月光柔和，还有一圈淡黄色光晕，将万物照射得如毛茸茸、柔软的宠物，不禁叫读者心生怜爱。高志女士以此风格展现孩童摒弃偏见与狐狸族群建立情感的美好故事。阅读完整本书后，一种冬日阳光般的温暖久久在心间留存。

《开罗团长》两年后面世，图画由日本资深插画家村上勉创作。宫泽贤治用拟人的手法描绘了雨蛙的世界，然而村上先生以中远景绘制雨蛙生存的生态环境，画面很像图鉴，并未完全拟人化。每一只雨蛙都和现实中的一样，是不能被替代的，这就是阅读图画书与仅阅读文字最大的不同之处。而且我发现，盯着画面总能不经意发现一只隐藏在绿色背景中的小雨蛙。图中每只雨蛙的体态各异，画面构图有仪式感，好似呈现等级制场面的古典绘画。村上勉将等级高的人物画大，而将次级人物画小，这种构图让人联想起尼德兰画家博斯的作品。画面中大面积的绿色是趣味的关键，一方面隐藏了雨蛙，另一方面又赋予了这个关于黑心工厂的故事轻松愉悦的色调。

图画书《水仙月四日》于1995年面世，是本系列最后问世的一本。“水仙月”是宫泽贤治自创的名词，据推测在三月至四月之间，正值他的故乡岩手县水仙花开放的时节。

伊势英子凭借这本描绘暴风雪降临始末的图画书，获得了产经儿童出版文化奖的美术奖。画面里，时而阳光和煦、岁月静好，时而暴风雪狂乱肆虐、动感十足。那些炫白、耀眼的光采用了绘画中的压色法，画家将局部遮挡，用质感细密的压色工具轻啄出如雾般细腻的光晕，给人强烈的视觉冲击。为了描绘风雪场景，伊势英子特意去了位于青森县的八甲田山观雪景。伊势女士在年轻时就常根据宫泽贤治的童话创作插画，在剖析、演绎宫泽作品的过程中获得了能量。她将宫泽贤治比成世上的另一位梵高，不仅因为他们都在37岁时过世，还因为他们有着相似的灵魂。伊势英子曾说：“即使眼睛看不见，手动不了，也绝不会停止‘创作’这件美妙的事。”也许，伟大的艺术家在灵魂深处总有相通的地方。

每一本书都有属于自己的美好回忆。以上十本风格迥异的图画书包含了画家的想象，再注入每一位阅读者的理解后，原本属于宫泽贤治的个人幻想便成为每一位参与者的集体回忆，这正是阅读图画书的一大乐趣。日本偕成社尽十余年之力编辑推出这套集人文与艺术价值为一体的系列图画书，今由魔法象引进出版，可谓慧眼识珠，为国内的小朋友以及宫泽贤治爱好者们提供了宝贵的阅读佳品。

致敬宫泽贤治

◎萧袤 / 儿童文学作家、丰子恺儿童图画书奖得主

李贺活到27岁，新美南吉活到30岁，萧红活到31岁，徐志摩和苏曼殊也只活到34岁……说到历史上早逝的天才，可以列出长长的一串名单，而我喜欢的宫泽贤治也只活到37岁……他们像耀眼的流星划过天空，留下了永恒的光影。

我读的宫泽贤治的第一部作品是童话名著《银河铁道之夜》。当时这本书是作为科幻小说出版的，我也是当科幻小说读的，读得津津有味。读到的第二部作品是《要求太多的餐馆》，它收在一本短篇童话集里，我也很喜欢，觉得写法别具一格。然后，读到了他的诗歌《不畏风雨》，是以图画书的形式呈现的。读来令人震撼，短短的句子，也没几句话，却那么有力量。我甚至买了好几本，送给那些需要为自己加油、鼓劲的好朋友。再后来，我读到了这套图画书，甚是喜欢。这套书里收录的短篇作品，我以前基本上都读过，虽有印象，但不深刻，记得模模糊糊的。这次重读，感慨良多。

好作品可以反复读。之所以这样说，是因为好作品总是蕴藏着丰富的内涵，而读者由于年龄、经历、识见不同，对作品的理解会有不同，每一次读都可能有新的体悟。所以一部好作品，只有反复读，才能读懂、读通，读得心领神会。这次阅读感受也跟以前不一样。这次读的是图画书，配有大量精美绝伦的插画，其中不乏大师之作。这些图画为宫泽贤治的童话锦上添花，让人不由得感叹：“嗯，这就是宫泽贤治想要描述的童话世界！”“简直一模一样！”“就该是这样！”想到宫泽贤治虽然只活了37年，死后却有那么多大画家为他的作品画插画，将其完美呈现出来，觉得先生可以死而无憾了。值得反复读的作品就是好作品，而好作品会在人们的不断解读与演绎中成为经典。

好童话有大格局。人的气量、情怀、品性、境界、格局各有不同，童话也是。宫泽贤治的童话呈现出的格局一点儿也不小，虽然也写到小猫小狗，但他写的小猫小狗是大气的，而不是小里小气的。所谓格局

大，还有一层意思就是无所不包，就是天上地下、人神鬼怪，万物皆为我所用。《学校屋顶上的轮子》的作者门得特·德琼认为，“作家的职责是全部艺术的职责，这就如中国文学家陆机所说，是‘笼天地于形内’”。雷娜·迈森评论道：“这句话听起来有点儿复杂，但却是一个美好形象。例如，请想一想，你如何能‘笼’美景于一张照片的‘形内’，或者‘笼’一个故事于字词、句子、章节甚至一整本有头有尾的书的‘形内’？”宫泽贤治的童话很好地实现了“笼天地于形内”，所以我觉得他的童话有大格局。比如《大提琴手高修》，表面上看起来只是一个大提琴手拉琴拉得不好被人骂，继而消极自责，最后经过苦练获得成功的故事。这样的个人遭遇非常普通，可是宫泽贤治别开生面，让一些动物“掺和”进来，与人互动。高修的成功与这些动物的帮助不无关系，人与动物相互启发、相互激励、相互成全。人籁，地籁，然后才是天籁。童话的背后是哲学，这就是大格局。

说说童话的逻辑。童话的逻辑是在童心的观照下、在幻想的语境中，建立起来的、能够自圆其说的因果规律与规则。我认为宫泽贤治的童话具有童话的逻辑，否则雪童子怎么可以叫醒被冻死了的小孩，双胞胎星星又怎么可能从大海回到天上？童话写的常常是不可能发生的事情，这种不可能指的是现实世界里的不可能，而在童话世界里，没有什么不可能。也正因为如此，童话写作很容易滑向乱写，所以要讲童话的逻辑。在《水仙月四日》中，雪童子、雪婆子、雪狼都是跟雪有关的幻想中的角色。雪是由他们带来的，所以当一个小孩在雪中被冻死时，好心的雪童子能救活他。在《渡过雪原》这篇童话里，四郎和康子遇见了小狐狸绀三郎，小狐狸邀请

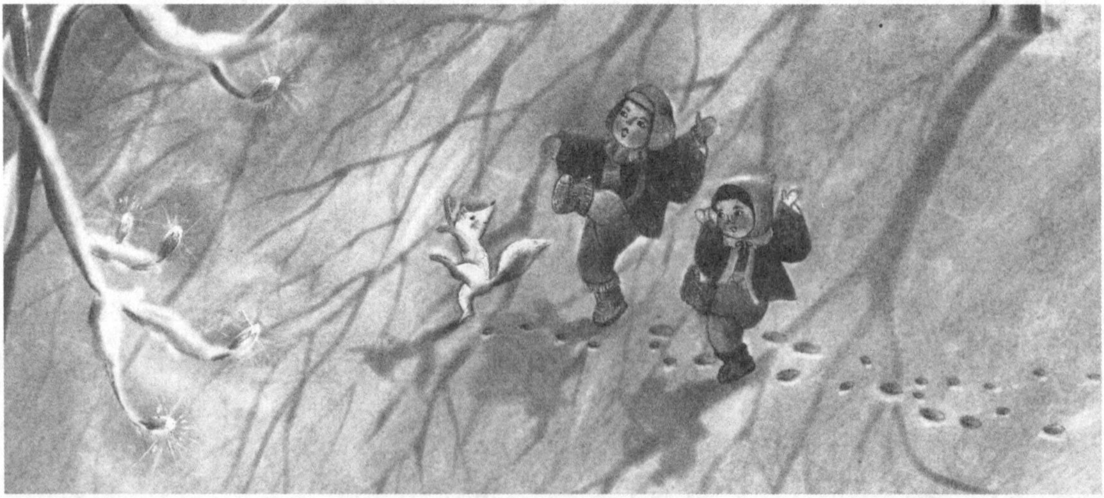

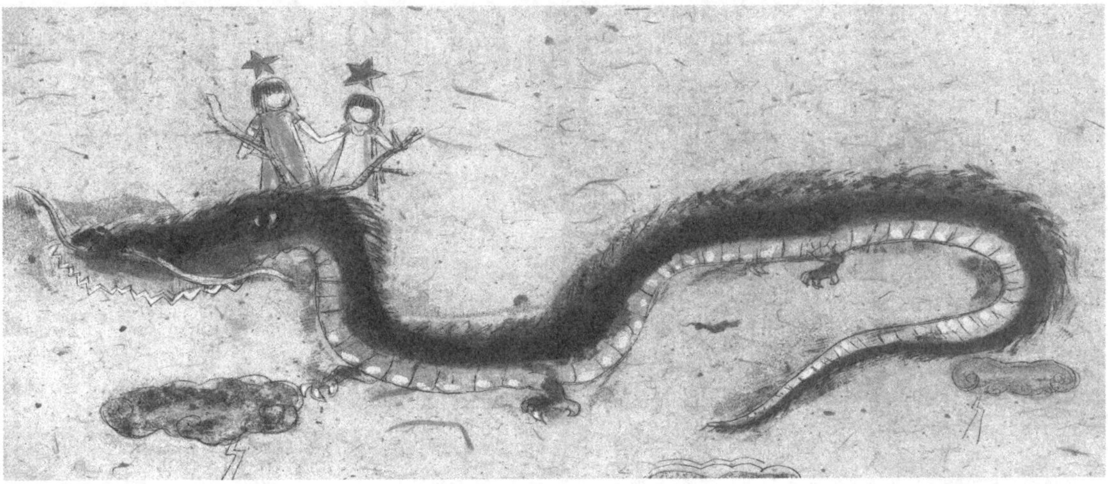

他们参加狐狸小学的幻灯会。请注意其中有个不大起眼的细节：小狐狸绀三郎问他们要几张入场券，四郎说要五张，另外三张给自己的哥哥们。可绀三郎得知他们最小的哥哥已经12岁时，遗憾地表示不能邀请他们的哥哥参加幻灯会。12岁这个年龄，就是现实与幻想的分界线。作者告诉我们，只有12岁以下的孩子才有幻想的权利，才会相信狐狸会说话、唱歌、跳舞，会像人一样做好吃的团子、组织幻灯会，还相信狐狸不骗人。这种设定很有意思，带一点点阻力，把12岁以上的人挡在童话的幻想之外。但是，当他们从幻想的雪原走出，首先迎接他们的是现实中的哥哥们。幻想与现实既分得清，又合二为一。这就是童话的逻辑。有逻辑的童话更有张力，也更令人信服。

说说童话的民族性。关于童话的民族性有很多观点，最常听到的是“越是民族的就越是世界的”。这句话的含义应该是，民族的、并能被世界广泛接受的，才是世界的。宫泽贤治的很多童话带有明显的日本民间传说的色彩，这些传说的内核是正面的、积极的、具有人性关怀的，能被大多数人理解，所以宫泽贤治的童话才能走向世界。因此，我们对童话民族性的理解不能过于片面，更不能为了强调民族性而牺牲童话自身的艺术性。正如空气、阳光和水之于生命一样，好童话对于全世界的大人和小孩，都是必需的。

宫泽贤治是创作童话的天才，我当年特别喜欢他的《银河铁道之夜》，这种介乎童话与科幻小说之间的神奇作品令我眼界大开。看过这套图画书之后，我才发现宫泽贤治先生似乎对天上的世界特别感兴趣，多篇童话都以天上的世界为背景，把我们的思绪引向辽远、深邃的太空。以日本传说为基础，以浩瀚星空为舞台，以人性、人生为主旨，以温情为基调，宫泽贤治创作出的优美童话，给我以很大的启迪。我写的童话《造星星的人》《暗星球奇遇记》《寻找月桂树》《微型黑洞》等也有这种倾向，亦童话亦科幻，或者说童话中带有科幻元素，却又不是严格意义上的科幻小说，仍然是童话。我不知道是不是冥冥中受到过宫泽贤治先生的影响，总之要感谢他。

向永远定格在37岁的年轻的宫泽贤治先生致以最崇高的敬意！

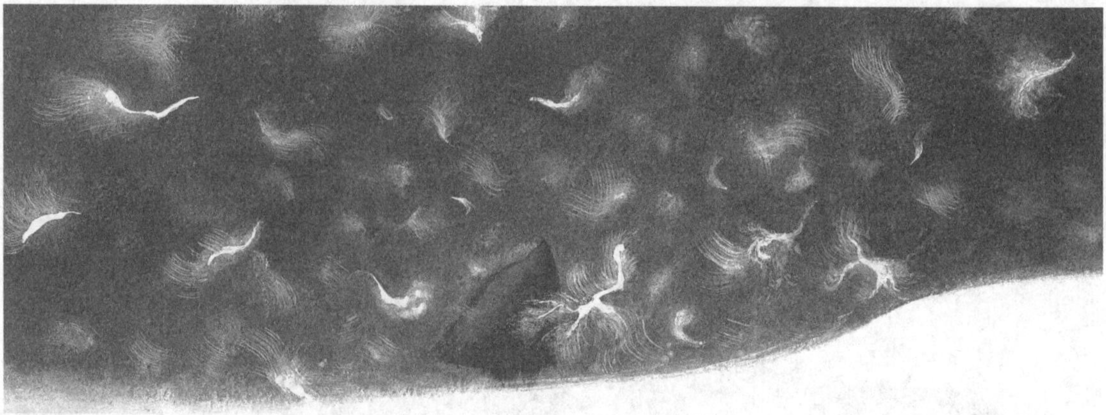

永恒不灭的星星在闪耀

◎李峥嵘 / 《北京晚报》（读书版）主任编辑

日本昭和时代早期的诗人、童话作家宫泽贤治生前默默无闻，但在其死后，作品在时光的打磨下，越发显现出独特的光辉。

今年魔法象童书馆一口气推出宫泽贤治十册经典图画书，我作为图画书爱好者，唯有合掌鸣谢。

宫泽贤治只活了37年，终身未婚。独居的孤苦岁月中，他创造了一个丰富的幻想世界。他一生的大部分时间都在乡村度过，对农民的疾苦感同身受，同时也深受佛教的影响，信奉众生平等。因此他的作品融合了佛教思想、乡野志怪和艺术幻想，写景状物奇丽生动，文字中饱含善意。

宫泽贤治的作品是需要读者有一些阅历才能品出滋味的。如同品茶，不同温度、不同时刻，有不同层次的回甘和留香。读到这套作品时，正值我在重症病房陪伴亲人，书里书外体会到生命的无常与慈悲，可谓悲欣交集。宫泽贤治的作品内涵丰富，我仅围绕无常、持守、悲悯与超越这四个关键词来谈谈个人的体会。

宫泽贤治短暂的一生是贫病交加的一生，但是他以慈悲为怀，以苦行为生活方式，一生致力于扶贫救灾与文学创作。他从来不避讳展现人世间的残酷与无情，同时也写下慈悲与宽恕。

在他的作品中，残酷与无情体现在不同方面：

有的是冷酷无情的角色。如《水仙月四日》中视万物为刍狗、冷漠的雪婆子，冻死几个小孩子也毫不在意，在她眼中，生生灭灭不过是自然运行的规律。

有的是突然降临、无法预测的灾难。如《山梨》中不期而来的阴影也许是夺走小鱼生命的翠鸟杀手，也许是能维持生命的香喷喷的山梨。是生是死，完全出于偶然，弱小者只能在惊恐不安中瑟瑟度日。

有的是充满迷惑的陷阱。如《要求太多的餐馆》中两个绅士受自己的好奇心和贪欲驱使，差点儿掉入山猫的陷阱，被当作美食吃掉。

在这残忍无情的世界里，如何持守与超越？

看破虚妄

宫泽贤治无情地揭示出世间种种的虚妄。《金刚经》有谒："凡所有相，皆是虚妄。"《山梨》的构思很巧妙。小螃蟹在水底的小世界里快乐地生活，但是世界是残酷的，一只翠鸟掠过，一条小生命就此消失。就在读者为小螃蟹紧张担忧的时候，又一道阴影砸了下来，这次却是好吃的山梨。读者和小螃蟹忍不住欢欣雀跃，作者却在结尾说，这只是幻灯片。幻灯片是什么？就是幻象。无论是翠鸟还是山梨，无论是祸是福，都不过是幻象而已。"一切有为法，如梦幻泡影，如露亦如电。"一切看到的、感受到的、渴求的……最终都会消亡，一切归于空寂。"照见五蕴皆空，度一切苦厄。"唯有看破这一切虚妄的皮相，才有可能脱离苦海。

慈悲与宽恕

看穿了世间种种功名利禄的虚妄，并不等于做个自了汉。《水仙月四日》非常典型，写出了一点儿善念如何改变世界的可能。雪婆子拥有生杀予夺的权力。她一声号令，冰雪席卷天地、覆盖一切。在她眼里，狂风暴雪冻死几个无辜的孩子，又算得了什么。但是她的手下雪童子却对裹着红毯子的小男孩起了怜悯之心，用柔软的白雪将其覆盖，保护他度过寒冷的夜晚。第二天，雪童子又派出雪狼去挖出小男孩。原本残忍、摧毁生灵的雪狼的利爪变成了拯救生命的温暖的手。一片白茫茫冰冷肃杀中，小男孩红色的毯子是唯一的亮色。这一点儿红色，这一抹光亮，唤起了雪童子内心深处的柔软。作者形象地展现了与无情相对立的仁慈，也表现了凶残是如何转化为慈悲的。

在《双子星》里，作者同时刻画了两颗交相辉映的天使之星。星童子兄弟被大彗星欺骗，从天上坠落到海底变成了海星。后来，他们因之前帮助蝎子星改邪归正的善举回到了天上，但仍不忘为那些坠落海底的星星们祈祷。对故意陷害他们的大彗星，他们也不计前嫌，宽恕了它。星童子简直就是善与美的化身，而且那么可爱，达到了"不生不灭，不垢不净，不增不减"的境界。

与万物共生

宫泽贤治深得民间志怪文学的真谛，写出了平凡生命得以升华的一个重要方式——和其他生命相融合。《大提琴手高修》是典型的精怪巧妙点化愚笨的人的故事。大提琴手高修原是表现得最差的乐手，他的演奏既走音，又缺乏感情，而且跟不上其他乐手的节奏，就像没有系好鞋带似的，总拖大家的后腿。后来经过十天的时间，他在不请自来的小动物们的帮助下勤学苦练，成为人人交口称颂的好乐手。在万物合为一体的共生关系中，高修的音乐不仅治好了田鼠宝宝的病，还让自己超越了低俗与凡庸。这个故事的象征性值得深思。

《渡过雪原》的文字优美，想象奇妙。比如这样描写太阳：“太阳白灿灿地燃烧着，散发出一股百合花的清香……”这是天与地的融合，也是视觉与嗅觉的通感。故事最后，狐狸绀三郎对狐狸学生们说：“我相信你们大家长大以后，不会去骗人，也不会去嫉妒别人，从此彻底消除我们狐狸以往的坏名声。”兄妹俩吃下了狐狸送的食物，这种举动是出于信任。狐狸也的确没有辜负孩子们的信任，它感激地鞠躬，送给他们橡子、栗子和绿光闪闪的石子。兄妹俩渡了狐狸，也渡了自己。书中有一个细节，兄妹俩问可不可以让他们的哥哥一起来参加幻灯会，绀三郎说，过了十二岁就不能参加了。绀三郎的话令人寻味，似乎人过了十二岁，就不再相信万物有灵，就不可能看见奇迹了。

在更长的时间维度衡量得失

这套书中，《虔十公园林》是画得特别笨拙又特别有灵气的一本。虔十总是笑呵呵的，在别人看来是个有点儿缺心眼的人。他一生守护的就是他所种的杉树林。岁月变迁，唯有他的杉树林还在，成为孩子们游玩的乐园。一个受过杉树林福荫护佑的人长大后说：“真是很难说谁聪明谁愚蠢。”在《橡子与山猫》中也有类似的观点，橡子们争论谁是最伟大的——是尖的还是圆的？是大的还是小的？山猫请一郎来判决，聪明的一郎说：“你就这么宣判好了——你们中间最笨的、最丑的、最不像样的才是最伟大的。”

宫泽贤治在世时，他的著作多不被世人认可，只有一篇童话得到了稿费。然而，随着时间的流逝，越来越多的人开始关注他和他的作品，他的那种笨拙的写作也荫佑了后人。例如日本吉卜力工作室制作过《大提琴手高修》，《千与千寻》里的很多场景也借鉴了《银河铁道之夜》。

《虔十公园林》的最后一幅图画的是，在杉树之上、明月之下，傻乎乎、笑呵呵的虔十卧在一朵云上，如同一尊卧佛。宫泽贤治是不是也在某朵飘忽不定的云朵上看着我们呢？

在这个无常的世界里，有什么是可以持守的？宫泽贤治的童话告诉我们，用慈悲与怜悯之心，渡人也渡己，最终脱离苦海，超越虚妄。在宇宙之中，有一些永恒不灭的星星在闪耀，直到时间的终点。

有些童话，接近伟大

◎蒋军晶 / 特级教师

我有时候啊，觉得自己有些残忍。

我觉得宫泽贤治这样的作家，人生也要特别一点儿，要有伟大的样子。

我觉得宫泽贤治就应该生活在乡村里，最好贫穷一点儿，白天去树林、原野中散步，晚上去月光下走走，看看早晨桃色的美丽阳光和蓝色黄昏中的槲树林，偶尔停下脚步。

我觉得宫泽贤治就应该不名于世，孤孤单单地在寒冷的冬夜里写啊写啊。他生前就是不能成为著名作家，那些掌声、采访、应酬太热闹，身在热闹里，就写不出那些带一点儿清冷、哀伤的童话了。

是的，宫泽贤治活成了一个普通人的样子。

宫泽贤治生前自费出版过一部童话集，而且一本都没卖出去。那家出版社是个小出版社，出版过《病虫害驱除预防便览》《蝇与蚊与蚤》。了解到这一点，我差点儿笑出声来。

我一遍一遍地猜想，在他的作品没法发表、不能带来收入的情况下，是什么支持他不停地写作，写完了还要一遍一遍地改。毫无疑问，对于写故事，他是真喜欢。也只有真正喜欢写故事的人才能写出好故事。

感动涌出来了

宫泽贤治的童话，总让人感动。

例如《水仙月四日》。白茫茫的冰天雪地里，雪童子紧闭嘴唇，脸色苍白。雪婆子逼他下雪，他不敢违抗。他抽打着鞭子，驱赶雪狼，让雪狼奔跑起来，让风雪漫天飞扬。可是，当雪童子看到那一抹耀眼的红色——一个披着红毯子的、陷在雪地里的孩子时，他担忧、难过、哽咽……你不被雪童子的善良感动吗？

例如《渡过雪原》。伴着“硬雪硬邦邦，冻雪叮叮当”的歌声，狐狸的幻灯会开始了。本来还有点儿担心呢，因为狐狸在人类中的名声一直不太好。让人没想到的是，狐狸是那么热情、开朗、善解人意，四郎和康子临走的时候，它们还拼命往两人的怀里、衣袋里塞橡子、栗子和绿光闪闪的石子。这样的故事读起来很温馨吧？

宫泽贤治的童话，情节并不是那么曲折，也总离不开阳光、星星、微风、泉水和金盏花花瓣……但慢慢读下来，感动就涌出来了，而且这份感动连同宫泽贤治优美的文字，会很长时间在心中留存。

把疑问说出来

宫泽贤治的童话有“神秘主义”倾向，这给我们带来别样的阅读体验，同时也带来了阅读难度。但想接近真正的文学是不能回避困难的，有时候，要是轻松，是很难接近伟大的文学的。

所以，我们读宫泽贤治，没必要要求自己一下子读懂。而且，怎样才算读懂，谁能确定自己真正读懂了呢？

反正，我自己经常做的一件事就是，把阅读时的困惑大胆说出来。

例如在《橡子与山猫》的开头，山猫邀请一郎审理一场难缠的官司，可是山猫在哪里，一郎并不知道。于是，一郎开始寻找山猫。

看了下面这张表格，大家应该能回忆起一郎寻找山猫的经过，但是难道你没有疑问吗？有几个问题令我很困惑：

栗子树、瀑布、小松鼠的答案都不一样，它们在撒谎吗？

指路者	山猫的位置	走的方向
栗子树	在东边	往前走
瀑布	在西边	往前走
白蘑菇	在南边	往前走
小松鼠	在南边	往前走

为什么小松鼠和白蘑菇都告诉一郎山猫在南边？

一郎一直往前走，他根本没理会别人的建议，那他为什么还要问别人呢？

我们再来看看整篇童话，疑问就更多了：

为什么一郎说“最笨的、最丑的、最不像样的才是最伟大的”，一郎是真的这样认为，还是只是为了平息争论？

为什么山猫邀请一郎帮忙判案，还特别强调不要带弓箭、枪支呢？

一郎案子判得那么好，可为什么再也没有收到山猫的邀请呢？

宫泽贤治的童话经常让人心生疑惑。

我觉得说出疑惑是一种很有意思的体验，比找好词好句重要得多，找好词好句无法带孩子进入一个伟大的童话作品。

有了问题以后，如果孩子愿意，你也做了功课，你们就可以讨论下去。如果止步于问

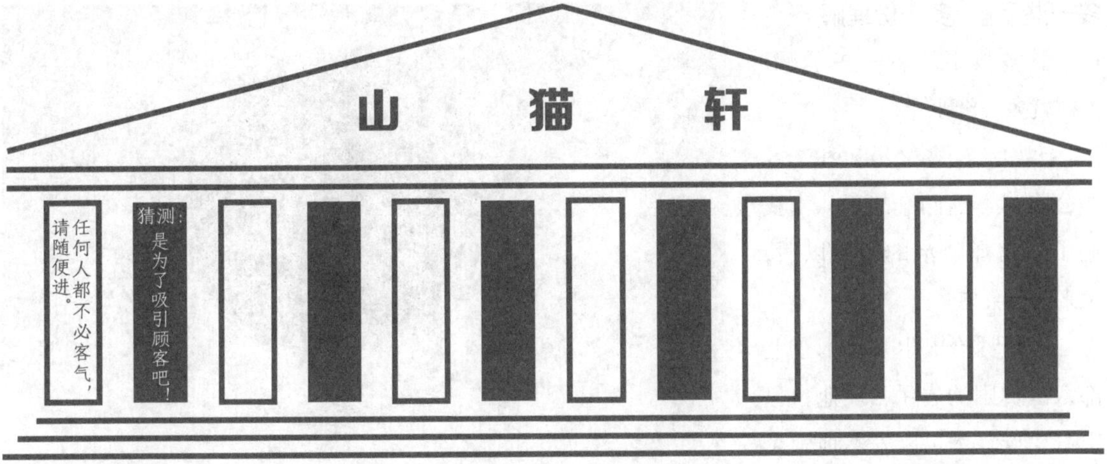

题，也未尝不可。谁说所有的问题都需要确定的答案，至少在文学里不是。

没有唯一的答案

前面说了，围绕问题讨论未尝不可，但千万不要去追求什么“中心思想”“正确答案”。

就说《要求太多的餐馆》吧，这个童话讲了什么呢？

两个绅士在深山里迷路了。正当他们又冷又饿、身边的两条大狗口吐白沫死了的时候，来了一阵风，一座名叫“山猫轩”的西餐馆突然出现在他们的视野里。可是要吃上热乎乎的食物实在有点儿难，餐馆里的门上写着各种奇怪的要求。

请你想象自己就是绅士，打开一道一道的门，看到一条一条的要求，这时请写下自己的猜测。

看到后来，是不是感到不寒而栗，起一层鸡皮疙瘩？

绅士原本是想来餐馆吃西餐的，但慢慢发现，竟然被当成了西餐，自己给自己抹油、撒盐。这篇童话结构太精巧了，简直是神作。

同样，读完以后，读者可能会涌出许多问题：

中途，两个绅士心里已经有了怀疑，为什么继续往里走？

有人说，让他们往里走的，是他们的傲慢、自以为是，这也是人类的傲慢、自以为是。

有人说，让他们往里走的，是他们的欲望，例如对权力和金钱的欲望。

当然，还有其他许多意见，根本没有什么正确答案。

那两只山猫代表什么呢？

有人说，那就是大自然，它们用这种方式警告对森林索求无度的人类。

有人说，那也是两个贪婪的人，和绅士没有什么区别。

有人说，那是充斥着繁文缛节的上流社会，是他们一直在压榨挨饿的穷人。

当然，还有许多其他意见，根本没有什么正确答案。

宫泽的童话就是这样，根本没有所谓的正确答案。生前，没有人看他的童话，死后，那么多人为他的童话争论不休。

多一些了解，多一份理解

很多故事，多一些了解，往往就多一份理解。

比如《夜鹰之星》和《虔十公园林》这两个故事，当我们了解宫泽贤治的生平以后，读来感受会更多。

宫泽贤治出生于日本东北部寒冷贫困的岩手县。他自己出身望族，本可以安然地做个富二代，度过富裕的一生。不过，他毅然离开了自己的家庭，一心致力帮助贫苦的农民。他白天耕种，夜晚为农民上课，讲解农业知识、教英语、讲故事、举办音乐会，把生命的一分一秒都用于实现理想，无暇谈情说爱，顾不上规律的睡眠和饮食。他的人生选择遭到家人反对，连当地农民也难以理解。在文学创作上，宫泽贤治一生默默无闻。他创作了近一百篇童话和一千多首诗歌，在世时只凭童话《渡过雪原》拿到过稿费，他自费出版的童话和诗集摆在书店无人问津。他就这样淹没在了芸芸众生中。

当我们了解到这些后，会觉得夜鹰就是贤治，虔十身上有贤治的影子。宫泽贤治不仅用文字，也用自己的人生为我们讲述那段孤独、坚强、充满信念的岁月。

如果读不懂，就多读几遍

确确实实，宫泽贤治的童话有点儿难。不，是很难。

如果把难度分等级的话，前面我提到的大多属于二星、三星级难度。《山梨》属于五星级难度，非常烧脑，几乎没有人敢说我读懂了。

《山梨》这篇童话估计很难让人一开始就喜欢上，因为这是一个几乎没有完整情节的故事。《山梨》就像一篇散文，描写了两张蓝色幻灯片。

为了将这两张幻灯片说清楚，我们可以试着列一张图表。

第一张幻灯片中的影像发

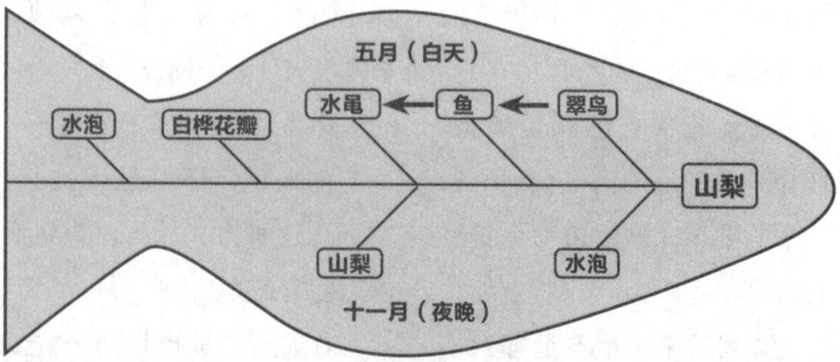

生在五月。五月是初夏，是热烈丰饶的季节。可是，小螃蟹们总是处在惊恐之中，因为看到了一些景象：

会笑会跳的水黾死了；

鱼闪了一下银白色的肚皮，就再也没有影子了；

翠鸟像一颗发着光的子弹，猛地射进了水中。

敏感的读者，会很自然地把它们联系起来——鱼吃了水黾，翠鸟吃了鱼。

顷刻之间，生命消失了，就像它们吹出的泡泡一样，突然就消失了。

你明白小螃蟹们恐惧什么了吧！小螃蟹们是恐惧生活里的意外，是恐惧死亡。还好在这个盛夏的季节，最后它们看到了白桦的花瓣。花瓣给人美感，小螃蟹们的恐惧才稍微缓解了一点儿。

光看这张幻灯片，我们还不能了解《山梨》真正想要表达什么，那么我们继续来看第二张。

第二张中的影像发生在十一月。这是一个寒冷的月夜，柠檬水一般的月光透进冰冷的水里。螃蟹已经慢慢走向生命的终点了。

可是，在这个寒冷的季节，山梨来了。宫泽贤治用最美的文字描写山梨的到来，“水面的波浪掀起了蓝色的火焰”，山梨“沐浴在月光下的彩虹之中”。这个已经掉落的山梨，带着沁人的芳香，驱走了寒冷，带来温暖。而且山梨能酿出醇香的美酒。

山梨和花瓣为什么能够给小螃蟹带来温暖呢？它们和水黾、鱼到底有什么区别？山梨和花瓣都来自水外，来自另一个世界。事实上，它们在另外一个世界是凋零的，也就是死了的，就像被鱼吃掉的水黾和被翠鸟叼走的鱼。

小螃蟹似乎顿悟了。它们觉得来自水外的东西死后给自己带来了温暖，那么水黾、鱼，或许也给另一个世界的生命带去温暖。于是，小螃蟹们对死似乎不那么害怕了，它们能够坦然面对即将到来的死亡。因为死亡就是去另外一个世界，然后给那里的生命带去温暖和抚慰，带去醇香的美酒……

当然，上面这些想法只是我自己的，没什么对与错。宫泽贤治的童话，可以多读几遍，试着自己和自己交流。有时候，我们要多读读这样一开始读不懂的童话，即使最终只是读出了一堆疑问，怎么样也想不明白，但神秘本身就让人着迷。

独一无二的宫泽贤治

◎柳　漾／儿童文学工作者
◎周　英／儿童文学博士
◎石诗瑶／儿童文学硕士

没有一篇导读能道尽一本图画书的秘密，所以，孩子也好，大人也好，多读一遍，总能有新发现。我们在这里开辟一个小小的空间，与您分享我们三人的阅读感受。所谓漫谈，其实事先略有准备，但我们更愿意保留兴之所至时的灵光乍现。而您与孩子共读时的收获，则是我们最为期待的精彩。

石： 谈儿童文学，有一些作家是绕不过去的，比如安徒生、格林兄弟，还有今天我们要聊的宫泽贤治。宫泽贤治的作品在儿童文学史上占有重要地位，特别是在日本，研究宫泽贤治的论文、论著数不胜数。

周： 宫泽贤治之所以绕不过去，是因为他不可替代。他所呈现出来的精神世界是无法被模仿的，是属于他个人的。我们很难找到一个写童话写得像宫泽贤治的作家，就像你很难找到一个作家写小说写得像鲁迅一样。贤治留下了丰富的精神遗产，不断滋养着后代艺术家。我觉得，宫泽贤治就像兰波一样，是"被缪斯的手指触碰过的孩子"。

柳：是的，正因为他是这么了不起的作家，所以他的作品才不断地被后人以不同的方式诠释。宫泽贤治的作品在市场上有多个版本，而我们引进的这套书，因为有风格各异的画家的倾心演绎，特别经典。不管是赤羽末吉还是伊势英子，或是其他画家，他们都用自己认为最合适的方式来诠释贤治的故事。我看过有人用水彩表现《虔十公园林》，但我更喜欢这套书中伊藤亘的版本。他用纸雕讲述故事，营造了一种“笨拙”的艺术效果，与虔十的形象十分契合。此外,这套书还用了木拼画、铜版画等创作方法。画家对创作媒材的精心选择，使形式与内容紧密地结合在一起，让读者能更容易地进入作品。这是我引进这套书的重要原因。

周：希望这套书能吸引更多读者走进贤治的幻想世界。在中国有个非常奇怪的现象，很多人都知道宫泽贤治，但是真正好好看过他的作品的人并不多。贤治的作品的确不属于很好读的那一类，即便是短小的童话也蕴含深刻的思想。我觉得童话是一种和他本性很接近的文学体裁，所以他选择了用童话来表达眼中的世界，书写他的情感与哲思。在这一点上，他和安徒生很像。大多数人只是从安徒生童话中很少的一部分了解安徒生，如果我们去读他所有的童话作品，就会发现其中蕴含了他对人生、对社会、对世界的很立体的哲学思考。

石：我最开始读宫泽贤治的时候，有一种模糊的感觉，好像读懂了，又好像没读懂，所以也说不上是否喜欢。可当我读第二遍、第三遍的时候，就喜欢上了这些文字。我觉得，之所以会有读不懂的感觉，其中一个重要的原因是他的作品非常私人化。比如《山梨》，不论讲述方式还是意蕴都比较个人。他选择的意象都很诗意，却又让人意想不到。谁会想到用鸟和山梨表达生死呢？而且，像他的许多作品一样，《山梨》有种悲凉的底色，但这种悲凉具有少年气，隐藏着一种强烈的不屈服的意气。这样的作品是

需要我们静下心来慢慢阅读和体会的。

这一点也和安徒生很像。安徒生用童话与自己对话，从而与世界对话。他写童话就像是给自己画素描，而贤治这种私人化的表达，其实就是他在为自己的人生画素描。

柳：在这十本书中，我最喜欢《虔十公园林》和《大提琴手高修》，因为从这两本书中可以看到贤治的影子。虔十和高修都属于边缘人，宫泽贤治和他们一样。他那么有才华，可是生前仅自费出版了两本书，而且几乎没卖出去一本，更别说靠自己的才华过上舒适充裕的生活了。他们三人有一个共同的特点——虽然在别人眼里看起来不正常、不主流，但他们有一种很执着的自信，并怀有坚定的信念。这是这两本书特别打动我的地方。

我觉得，他们的信念是一种浑然天成的、任何人都无法给予的东西，来自“树林、原野、铁道线、彩虹和月光”。在《大提琴手高修》中，高修最终在舞台上演奏出了动听的音乐，赢得了所有人的赞赏。他是怎么走出困境的呢？高修的顿悟，不是别人教的，而是在动物们的启发下领悟到的。“高修”这个

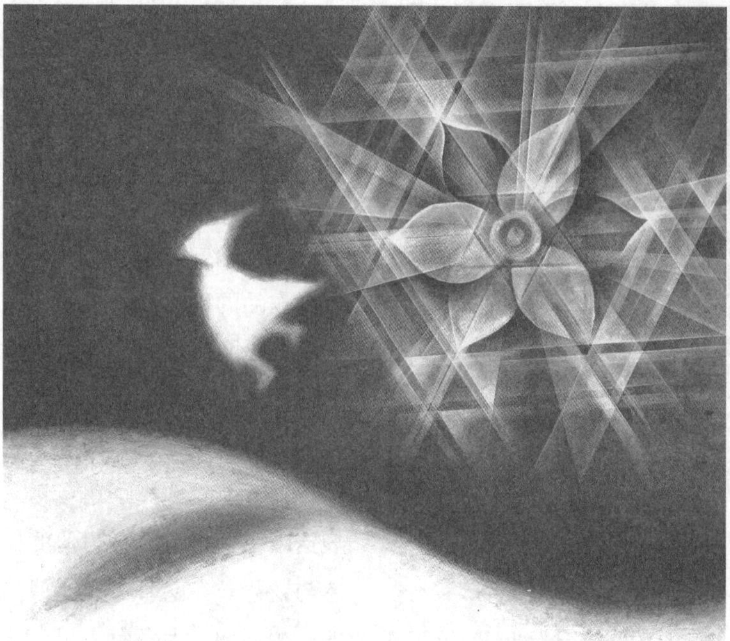

名字的原意是笨拙、拙劣、糟糕。从某种角度来说，高修朴实、笨拙到没有人可以教会他，他只能靠自己去感受天地的力量。我认为贤治创作这部作品，就是在回答世人“我是怎么成为我的”这一问题。

周：面对一个有特殊天赋的人，如果你用世俗的规则去要求他，往往会束缚了他的才能。因为去适应社会，适应他人，就意味着要在某种程度上放弃自己。有时候，他们只有按照自己的方式生长，才能变成那个惊世之才。我觉得贤治想通过《大提琴手高修》告诉大家：你们可能难以理解我，但请让我按照自己的方式去成长。就像田鼠阿佛知道自己是个诗人一样，贤治也有着自知和自信。

柳：从教育层面来讲，高修和虔十的故事告诉我们：人的成长应该是多样化的，社会应该允许多种成长方式的存在，并尽量提供个性化教育。就像不是每个孩子都要通过既定的求学之路才能实现自身价值一样，每个人都有权利站在主流价值标准之外，寻求适合自己的成长方式。

石：宫泽贤治的人生经历是独特的，甚至达到了某种极致。他的作品也有这一特点，例如《水仙月四日》中对“美”的追求。故事中的风声、雪色，还有蓬勃的生命力，浩浩荡荡进入我们的耳中、眼中和心中，刺激着我们的感官。彭懿老师在评论

《水仙月四日》的文章中写道："一场雪，被贤治彻底地写活了。它甚至成了雪的经典。过去这么久了，可至少是在八十多年前下的那场暴风雪，却仿佛是一分钟之前才停息的一样。"他所描写的雪景，是他全部的心灵感受，美丽、神奇又真实。我觉得这种细腻的文字动情却不做作。

周：读贤治对雪的描写，能看到他孩子般纯真好奇的眼光。这样拥有童年灵动感觉的作家，作品有特别的魅力，孩子喜欢读，大人也喜欢读。《要求太多的餐馆》就有丰富的读者群，从中可以看到，作者心中既有一个单纯、好奇的孩童，又有一个对这个社会认识通透又保持赤诚的大人。

柳：我觉得，《要求太多的餐馆》是这套书里最好读的一本。故事设有悬念、层层递进，读起来很带劲，给人酣畅淋漓之感。而贤治带给读者的又远远不止于一个精彩的故事，其中的意蕴，让人回味再三。

石：贤治的大部分作品，描述性语言较多，对话偏少，但《要求太多的餐馆》是个例外。其中有大量的对话和动作描写，叙事节奏较快，故事性很强。从这则童话中，我们能看到他高超的构造故事的能力。因为好读，所以很多人喜欢这个故事，但我还是比较喜欢他极富美感的、私人化的那一类作品。在这个系列中，我最喜欢的是《渡过雪原》。《渡过雪原》中的"美"很天真，有孩子气。宫泽贤治用美的眼光来看待自然，抛弃以人类为中心的观念，让纯真的儿童与小狐狸成为朋友，人与动物平等友好地存在于自然中。画家捕捉到了这一点，用画面定格了雪原上的快乐。

周：我们常常能在一个作家的不同作品中，看到他人生的不同阶段和不同侧面。比如鲁迅，你可以在他的很多作品中看到他冷峻严厉的一面，但在《朝花夕拾》里，你会发现一个不一样的鲁迅。他写了很多好玩的事情，笔调舒缓而温情。如果把《渡过雪原》放在贤治的整体创作中来看的话，是难得的明亮又温暖的存在。贤治一开始将四郎、康子的三个哥哥排斥在幻想世界之外，但在最后一页，当四郎和康子回到现实世界中时，三个哥哥从家中赶来迎接他们，整个画面充溢着爱与温暖。

柳：我觉得他写作时会不会"手软"，关键在于他的描写对象是什么。贤治在描绘不公、冷漠且充满欺凌的现实世界时，例如《夜鹰之星》，可以毫不留情，但当他写到自己兄弟姐妹的时候，就会不由自主地流露出温暖的神情，因为他与弟弟妹妹，尤其是与妹妹关系非常好。我想，他希望时间能够停留在小时候。

石：我觉得这则童话既是他纪念童年之作，同时也表达了他的精神追求——像孩子那样善良、纯洁。就算人们对狐狸有偏见，孩子也会真诚友善地对待狐狸，和狐狸一起玩。而且，从总体来看，所谓的贤治的讽刺性和批判性的作品，也不是特别尖锐和冷酷。他的目的不是批判，而是以一种人道主义精神去揭示，让你看到那些被忽视或者被欺压的人。

周：与其说是批判，不如说是悲悯，他是怀着一种宗教的悲悯心来看待世界的。我觉得他的作品还体现了优秀儿童文学中一个重要的精神特质——没有偏见，而且有反叛性，甚至颠覆性。就是不管世界上的大多数人怎么说，我有自己的观点和看待世界的方式，就像信仰一样根植于心中——我觉得儿童文学是有这种信仰的，用孩子的眼光看世界的作家或者仍怀有童心的作家，是有这样的信仰的。宫泽贤治就是这样的作家，他相信、甚至是皈依于这种信仰，所以他才会有如此坚定的精神力量。

石：《橡子与山猫》也体现了这一点，贤治借一郎之口说：“你们中间最笨的、最丑的、最不像样的才是最伟大的。”看起来好像是在讲反语，其实他表达的是一种没有偏见的价值观。我觉得这两部作品的精神内核是异曲同工的。

周：一郎以一种简单的方式就把它们吵了很久的案子给判了，很多问题是大人想得太复杂了。大家都在争当最好的，并努力达到“好”的标准，而不会去考虑这些标准本身到底有没有问题。如果标准变成“最笨的、最丑的、最不像样的才是最伟大的”，大家就都不愿意去做最伟大的了，所以所谓的“最伟大的”其实是没有意义的。这个故事让我想到《皇帝的新衣》，孩子以一颗赤子之心，揭穿了成人世界的荒唐和虚伪。

柳：我们这十本书在贤治的童话中是比较有代表性和典型性的，包含了不同的主题和不同的风格。如果你想给孩子念的话，可以首选《渡过雪原》；如果想自己读，建议首选《要求太多的餐馆》；如果想了解宫泽贤治是个什么样的人，就可以去读一读《虔十公园林》和《大提琴手高修》。

要读透一本图画书，关键是要找到解读这本书的钥匙，也就是找到一个切入口。也许这个切入口是作品中的一幅画，也许是作者在创作时的一种念想。找到后再读，整个作品就会变得清晰、明朗起来。当我安安静静地去看贤治的作品时，我会越读越想读。从宫泽贤治的一本书开始，耐心地去读，我相信读者也会有同样的感觉。

探访宫泽贤治纪念馆与童话村

◎胡佳 / 旅行爱好者

交通攻略：

1. 去宫泽贤治纪念馆的晴山线公交车每隔一小时一班，发车时间紧跟着火车到站的时间。所以，下火车后请尽快赶到公交站等车。

2. 从火车站到宫泽贤治纪念馆的距离并不远，打车大约五分钟。如果天气好的话，步行也是可以的。

参观路线：

宫泽贤治纪念馆→山猫轩→宫泽贤治童话村

宫泽贤治纪念馆大门

这次旅行我专程去了宫泽贤治的故乡——位于日本东北部的岩手县花卷市，探访宫泽贤治纪念馆与童话村。

先搭乘新干线至新花卷站，接着换乘晴山线公交车到贤治纪念馆站即可。宫泽贤治童话村和纪念馆在一座小山坡上，纪念馆的海拔比较高，从纪念馆开始游览最佳。

宫泽贤治纪念馆

我到的时候，雪刚停，太阳出来了。纪念馆的工作人员正在铲雪，看着他们的身影，我深感敬佩。虽然雪很大，但除雪工作做得非常好，所以不用担心游玩会受到影响。

纪念馆门口立着一块醒目的石碑，上面刻着一只鸟直飞天际，化为星星。这是童话《夜鹰之星》中的情节。纪念馆大楼的入口还放着两座猫咪像，它们是《猫咪事务所》里的二等书记官虎斑猫和三等书记官花猫，它们中间摆着一张小椅子供游客坐着拍照。

宫泽贤治纪念馆里有对宫泽贤治生平的介绍，还展示了许多珍贵的手稿和作品不同语种的版本。

纪念馆旁边还有喝咖啡、卖相关文创产品的地方，我随意逛了逛。

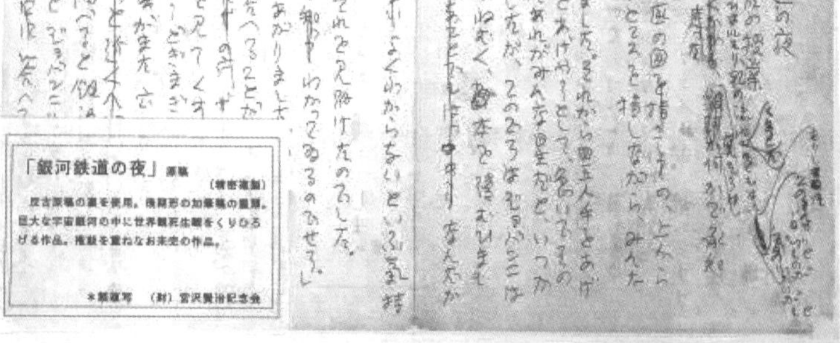

①
②
③ | ④

① 上山时看到的雪景
②《猫咪事务所》的猫书记官
③《夜鹰之星》石碑
④《银河铁道之夜》手稿

山猫轩

离开纪念馆后，穿过停车场就来到山猫轩了。这是一间餐馆，店名来自宫泽贤治的童话《要求太多的餐馆》。我决定在这里吃午餐。

童话中的山猫轩是一个恐怖的地方，不过不用担心，这间山猫轩是一间正常的餐厅。虽然门口也挂着“任何人都不必客气，请随便进”的招牌，但不要害怕，这里的要求不是特别多，可以放心用餐。

这里可供选择的套餐很多，还有限量甜品供应。从店内装潢、餐具选择到菜品搭配，这家店都做得很用心。

在山猫轩旁有段木质楼梯，可以让游客在下大雪的时候不必穿过雪地就能直达童话村。因为冬季风大，工作人员用防风布把整个楼梯遮挡住了，这个举措让我感到很温暖。

① | ②
③

① 山猫轩门外招牌
② 山猫轩
③ 直达童话村的木质楼梯

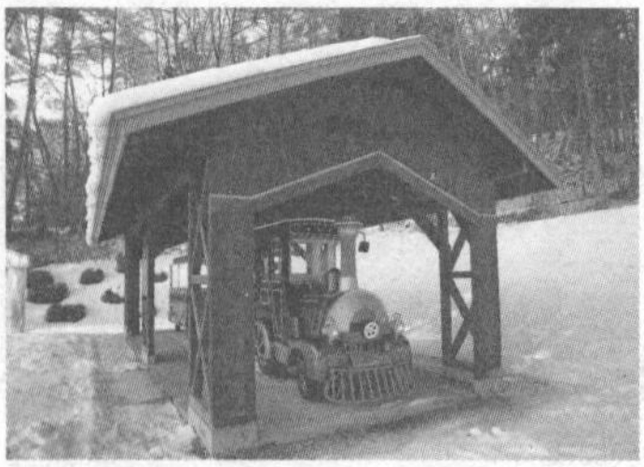

①	②	③
④		
⑤	⑥	⑦

①②③ 第一站：银河火车站
④ 第二站：妖精小径
⑦ 第三站：天空的广场
⑤⑥ 第四站：贤治的学校

宫泽贤治童话村

第一站：银河火车站

无论是入口处银河火车站的月台，还是旁边商店外立着的白鸟停车场站牌，都是依照《银河铁道之夜》中的场景建的。

第二站：妖精小径

小径入口处立着怪异的人形电线杆，这是仿照《月夜的电线杆》里那些夜晚会活动的电线杆设计的。

第三站：天空的广场

广场内有两样神奇的东西。第一样是一块古怪的镜子——当你站在镜子前变换位置时，镜子中的影像会时隐时现；如果你朝着镜子走去，会发现镜子中的自己越来越长。第二样神奇的东西是一条水道，里面的水是从下往上流的。

第四站：贤治的学校

这里共有五个主题展：幻想、宇宙、天空、大地、水。

幻想主题展：七张椅子分别代表贤治不同类型的童话。墙上放映着贤治那星光般闪耀的童话世界。

宇宙主题展：整个房间像由很多面镜子构成的大型万花筒。利

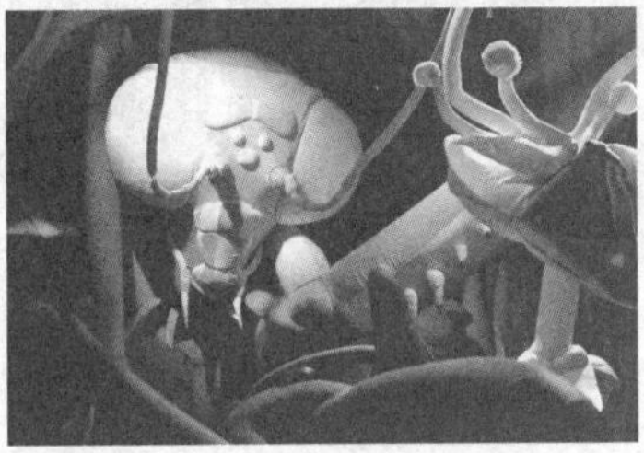

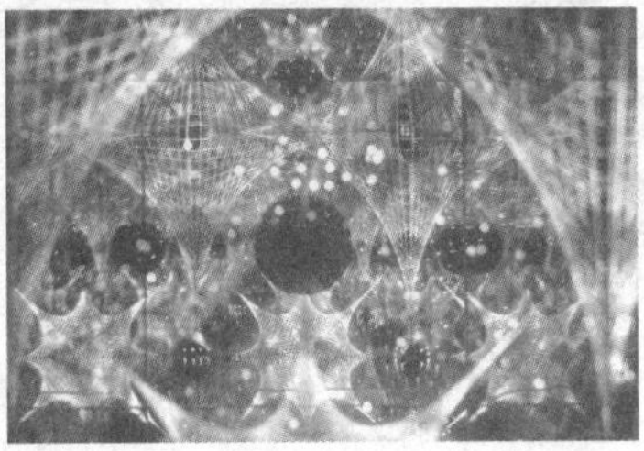

用光线打造出浩瀚星空的效果，非常震撼。

天空主题展：墙壁上投射出蓝天、白云的影像，由液晶屏做成的地板播放着大地的影像。身处其中，好像自己变成了风和云，在空中翱翔。

大地主题展：身处其中，好像走在由巨大的植物、昆虫构成的迷宫里，感觉到人类很渺小。

水主题展：利用光制造出水的流动感，走在其中，还能听到《山梨》中咕啦姆嘣的笑声和两只小螃蟹的窃窃私语声。

第五站：贤治的教室

几间小木屋里展示着与贤治作品有关的植物、动物、星辰与石头的照片和影像。

第六站：猫头鹰小径

据说宫泽贤治最喜欢的动物就是猫头鹰。这里放着一本大书，好像在告诉游客：欢迎走进书中，来到童话世界。

走完猫头鹰小径，今天的行程就结束了。

出了童话村，朝右一直走，大约十分钟就能走到公交站。

最后，告诉大家一个资讯，每年从 8 月初到 10 月上旬，童话村每晚都会举行点灯会，美如梦境。

摄影：胡佳

①	②	③
		④
⑤		⑥

①② 第四站：贤治的学校
⑤ 第五站：贤治的教室
③④ 第六站：猫头鹰小径

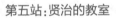

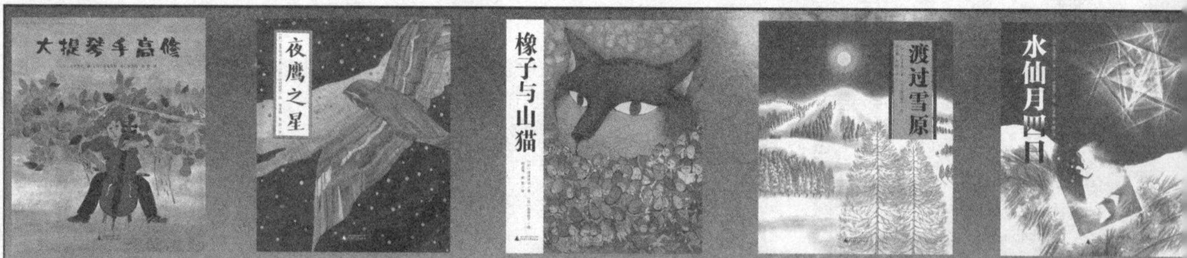

检验一位童话作家才能的最重要指标便是看其是否相信自己所创造出的（或曰自己头脑中的）幻想世界是真实存在的。从这个意义上看，宫泽贤治的确是一位本色天然的童话作家。

——朱自强（中国海洋大学儿童文学教授）

宫泽贤治单纯而又复杂，正如他的作品一样。他既是童话作家，又是诗人、教师、农艺改革指导者，还是悲天悯人的求道者……确实，很难对这位“代表日本的国民作家”做出一个明确的定义。

——彭懿（儿童文学作家）

只有像孩子和老人一样，无限地接近过失败，无限坦诚地面对过失败感，我们才会真正意识到宫泽贤治之美，才会理解：生命真正的意义，蕴含在日常生活、普通人事之中。

——粲然（童书作家、亲子共读推广人）

魔法象
为你朗读，让爱成为魔法！
The Magic Elephant Books
扫一扫，更多阅读服务等着你
GUANGXI NORMAL UNIVERSITY PRESS
广西师范大学出版社